中國語言文字研究輯刊

二三編

許學仁 主編

第 26 冊

李國正論文自選集
（第五冊）

李國正 著

花木蘭文化事業有限公司

國家圖書館出版品預行編目資料

李國正論文自選集（第五冊）／李國正 著 -- 初版 -- 新北市：
花木蘭文化事業有限公司，2022〔民 111〕
目 4+154 面；21×29.7 公分
（中國語言文字研究輯刊　二三編；第 26 冊）
ISBN 978-626-344-040-1（精裝）
1.CST：漢語 2.CST：語言學 3.CST：中國文學 4.CST：文集
802.08　　　　　　　　　　　　　　　　　111010182

中國語言文字研究輯刊
二三編　　第二六冊　　　　　ISBN：978-626-344-040-1

李國正論文自選集（第五冊）

作　　者　李國正
主　　編　許學仁
總 編 輯　杜潔祥
副總編輯　楊嘉樂
編輯主任　許郁翎
編　　輯　張雅淋、潘玟靜、劉子瑄　美術編輯　陳逸婷
出　　版　花木蘭文化事業有限公司
發 行 人　高小娟
聯絡地址　235 新北市中和區中安街七二號十三樓
　　　　　電話：02-2923-1455／傳真：02-2923-1452
網　　址　http://www.huamulan.tw 信箱 service@huamulans.com
印　　刷　普羅文化出版廣告事業
初　　版　2022 年 9 月
定　　價　二三編 28 冊（精裝）新台幣 96,000 元

李國正論文自選集
（第五冊）

李國正　著

目次

第五冊

從茅盾的《子夜》談外國文學語言的吸收與融化

　　魯迅與茅盾等文學大師一向主張吸取古今中外凡是有益於文學創作的營養，其中包括學習外國的文學語言。茅盾曾經引用毛澤東的話說：「要從外國語言中吸收我們所需要的成分。我們不是硬搬或濫用外國語言，是要吸收外國語言中的好東西，於我們適用的東西。」[註1]不僅如此，他還進一步指出：「從外國作品中去吸收新的語彙和表現方法，必須是在本國語言的基本語彙和基本語法的基礎上去吸收而加以融化。」[註2]茅盾在這裡提出了一條對待外國文學語言的原則。這條原則包含三個要點：

　　一、從外國作品中去吸收的，主要是新的語彙和表現方法；

　　二、吸收不是無條件的，而必須是在本國語言的基本語彙和基本語法的基礎上進行的；

　　三、不但要吸收，而且要加以融化。這就是說，作家在吸收與融化外國文學語言的過程中，應當發揮自己的創造性。

　　茅盾把吸收與融化外國語言的過程稱為「加工」，他說：「正因為經過這樣

〔註1〕茅盾，《新的現實和新的任務》，載《茅盾全集》第 24 卷，人民文學出版社，1996 年版，第 254～287 頁。

〔註2〕茅盾，《為發展文學翻譯事業和提高翻譯質量而奮鬥》，載《茅盾全集》第 24 卷，人民文學出版社，1996 年版，第 299～318 頁。

的加工，所以偉大作家們的文學語言是有『個性』的；這個性就構成了他們的各自的獨特的風格。」〔註3〕茅盾的《子夜》被公認為具有個人獨特風格的代表作。這裡旨在通過對《子夜》的具體分析，揭示作者吸收與融化外國語言的方式，進而闡述吸收和融化外國文學語言與作者個人獨特風格的內在聯繫。

《子夜》對外國語言的吸收主要有兩種方式。第一種方式是直接運用外文，整部小說共有 9 例（所標頁碼見《茅盾全集》第 3 卷，人民文學出版社1984 年版）：

1. 向西望，叫人猛一驚的，是高高地裝在一所洋房頂上且異常龐大的霓虹電管廣告，射出火一樣的赤光和青燐似的綠焰：Light，Heat，Power！（第 3 頁）

2. 站在吳老太爺面前的穿蘋果綠色 Grafton 輕綃的女郎兀自笑嘻嘻地說⋯⋯（第 18 頁）

3.「不要緊，明天再去一次 Beauty Parlour⋯⋯」（第 25 頁）

4.「賭什麼呢，也是一個 Kiss 罷？」

「如果我贏了呢？我可不願意 Kiss 你那樣的鬼臉！」（第 52～53 頁）

5.「⋯⋯我在阿萱身上就看見了詩人的閃光。至少要比坐在黃金殿上的 Mammon 要有希望得多又多！」（第 148 頁）

6.「還有一個卻不是人，是印在你心上時刻不忘的 Poetic and love 的混合！」（第 171 頁）

7.「我──送你一本《Love's Labour's Lost》，莎士比亞的傑作。」（第 250頁）

8.「⋯⋯我是親身參加了五年前有名的五卅運動的，那時──噯，『The world is world，and man is man！』噯⋯⋯」（第 252 頁）

9.「Reds threaten Hankow，reported！」

這是那廣告牌上排在第一行的驚人標題。（第 304 頁）

一般地說，中國的文學作品不宜過多地直接運用外文。但是，出於文學創作的特殊需要，也不一概排斥外文。一部洋洋三十餘萬言的巨著，就這麼 9 個例子，在 20 世紀 30 年代的文壇上，算是運用外文非常保守，非常謹慎的了。

〔註3〕茅盾，《關於歇後語》，載《茅盾全集》第 24 卷，人民文學出版社，1996 年版，第294～298 頁。

正如作者所言：「在當時的小說中，《子夜》的文字還是歐化味道最少的。」
〔註4〕對這 9 個例子加以具體分析，可以分為兩種情況：一種情況是在描寫環境或人物時直接運用外文（第 1、2、9 例）；另一種情況是在人物對白的口語中直接運用外文（第 3～8 例）。

下面考察直接運用外文與環境和人物性格有何關係，這體現了作者什麼樣的語言風格。

第 1 例是《子夜》第一章第一自然段的最後一個語句，它是描寫上海傍晚景色最引人注目、最有力度的語句。這個自然段的描寫採用的是由遠及近的鳥瞰視角，從遠處的太陽──蘇州河──黃浦夕潮，直到外白渡橋，然後以外白渡橋為視點，向東、西兩方眺望，這就把最能表現上海傍晚景色的事物盡收眼底。為什麼在環境描寫的最後一句一連用了三個英語名詞呢？從大的方面說，是為了突出 20 世紀 30 年代上海的半殖民地化的社會特徵。當時的社會實際情況就是舶來品鋪天蓋地，商店招牌、商品標誌、銀行、交通標誌、商業廣告，無不摻雜外文符號。在環境描寫中直接運用英語名詞，立即把讀者的思緒拉回 30 年代的社會現實，給人以身臨其境的感受。從小說情節的需要看，環境描寫突出洋化特徵，為吳老太爺這個土豪的出場恰好形成鮮明的反差，為表現人物性格特徵起到反面烘托的作用。就本自然段的景物描寫看，最後一句選取的是最能表現上海商品經濟特徵的景觀：異常龐大的霓虹電管廣告，這在當時的上海是非常洋化的新事物。作者在這個語句中運用了「猛一驚」、「異常龐大」、「火一樣」、「青燐似」等一連串雄健的短語，再加上一般讀者看不懂的外文，造成了一種雄奇神秘的環境氛圍，緊緊抓住了讀者的好奇心，為故事情節的展開作了巧妙的鋪墊。

第 2 例對張素素的外貌描寫既是出於塑造人物性格的需要，也是文本反映藝術真實的需要。張素素是一個具有開放性格的時髦女郎，她打扮得越時髦，吳老太爺就越嚇得要命。就 30 年代上海的實際情形而論，Grafton 還沒有一個適當的漢語名詞可以代換，而作為當時上海商業巨頭家庭的青年女子，穿上這種名貴的外國紗，正是時髦的表現，也是高貴身份的象徵。既然沒有適當的漢語名詞可以替換，而塑造人物性格又必須這樣描寫，所以直接運用 Grafton 是

〔註4〕莊鍾慶，《茅盾的創作歷程》，人民文學出版社，1982 年 7 月版，第 202 頁。

難以避免的。至於第 9 例的外文標題，按故事情節的敘述是登載在英國人辦的英文報紙上的。無論從情節的需要還是從藝術的真實考慮，都是非直接用外文不可的。

在人物對白的口語中直接運用外文的 6 個例子共 7 個語句，都出自有較高文化水平的青年之口。第一個是時髦女郎張素素，她在與林佩珊的對話中提到美容館時直接用了英語，充分表現了她追求刺激，追求時髦的個性特徵。第二個是吳蓀甫的遠房族弟、社會學系的大學生吳芝生，他與張素素打賭時，提出賭一個 kiss，這表現了青年大學生既浪漫又含蓄的性格特徵。如果直接用漢字「吻」，就顯得淺露了。吳芝生在與范博文的對白中用了 poetic and love 而沒用「詩意與戀愛」，也是非常切合吳芝生的性格特徵的。這就是作者寧願加注釋點明漢語意義也不願在人物對白中直接用漢字的主要原因。第三個是林佩珊的表哥、詩人范博文，當商界大亨吳蓀甫想要教訓他卻拿阿萱借題發揮時，范冷冷地插了一句雙關語，其中的 Mammon 顯然暗刺吳蓀甫，這當然比直接用漢語「財神」巧妙得多。難怪吳蓀甫氣得直瞪眼。范博文在張素素和林佩珊面前炫耀自己參加五卅運動的經歷時，用英語表述「世界像個世界，人像個人」，聽話的人固然懂英語，而范博文消極頹唐、虛浮自矜的生動形象也躍然紙上。第四個是留法學生、「萬能博士」杜新籜。范博文在大三元酒家等林佩珊，杜新籜說送他一本《愛的徒勞》，當然隱藏著對范的譏刺。不過從表面看來是莎翁喜劇作品的名稱，所以范也只好略略皺一下眉頭。用英語而不用漢語，一方面表現了杜這個「萬能博士」的外語素養，另一方面也揭示了他大方冷雋的個性特徵。

儘管整部小說僅僅只有微不足道的 9 個外文例子，但是它們體現了作者個人特有的求新的語言風格。如第 1 例改用中文未嘗不可，但在語句的新奇，環境的氛圍，與即將出場的人物性格對比的力度等等方面，都要打折扣，這就勢必減弱文本的藝術感染力。何況作者運用外文，是以流利曉暢的祖國語言為基礎，把外文按漢語語法規則組織在語句中的。像這樣直接吸收外文的語言形式為我所用，客觀上體現了文本語言的求新風格。

吸收的第二種方式是純粹音譯。

一部分音譯詞是國名和人名：「巴黎」、「荷蘭」、「巴拿馬」、「莎士比亞」、「司各德」、「巴枯寧（俄國人名）」、「道威斯」、「楊格」（這兩個人名是美國壟

斷資本家 Dawes 和 Young)、「荷馬」、「海克托」、「尼祿」（古羅馬皇帝 Nero)、
「茄門」（英語 German，對德國的俗稱）、「拿破崙」。

　　另一部分是普通名詞的專用名詞。普通名詞有勃郎寧（手槍的一種，因設計者為美國人 John Moses Browning 而得名)、馬達（英語 moter 電動機的通稱）、雪茄（英語 cigar)、沙發（英語 sofa)、密司（英語 miss)、密斯脫（英語 mister)、打（英語 dozen)、冰淇淋（英語 ice cream)、布爾齊亞（法語 bourgeoisie，資產階級)、沙丁（英語 sardine)、白蘭地（英語 brandy)、咖啡（英語 coffee)、引擎（英語 engine，發動機)、緋陽傘（英語 fiancec，未婚妻)。[註5] 專用名詞有：《麗娃麗妲》(《Rio Rita》是當時流行的一部美國電影名)、托辣斯（英語 trust，現譯為托拉斯，資本主義壟斷組織形式之一；又指專業公司)、蘇維埃（俄語 COBET)。這些音譯詞完全按照漢語詞彙的結構形式用單音節、雙音節、三音節和四音節構成。有的新詞如「馬達」、「冰淇淋」、「白蘭地」、「引擎」、「緋陽傘」等，還兼顧漢字表意的聯想特徵和形象特點，賦予了純粹音譯的外來詞以中國文化色彩。「馬達」巧妙地用「馬」暗示動力的意蘊；「冰淇淋」用左邊的偏旁暗示這種食品的冷凍特徵；「白蘭地」用中國花卉的名稱喚起人們美好的聯想；「引擎」用「引」字暗示牽引的意蘊；「緋陽傘」則使人產生鮮明的色彩和形象的生動感。這些音譯詞出現在不同的場合，給文本增添了不少藝術魅力。例如第六章寫吳芝生的一個同學問他：

　　　　「是你的『緋陽傘』罷？」

　　　　「不，——是堂妹子！」

　　　　四小姐驀地臉又紅了。她雖然不知道什麼叫做「緋陽傘」，但從

　　吳芝生的回答裏也就猜出一些意義來了……[註6]

　　這裡用「緋陽傘」試探吳芝生，當然比直接用漢語的「未婚妻」更巧妙含蓄，而且暗示說話者一定是知識分子。同時一箭雙雕地凸現了四小姐靦腆羞澀的性格特徵。可見音譯詞不但為漢語詞彙增添了新鮮血液，而且為藝術表達手段提供了更為豐富的語料。相當數量的音譯詞出現在文本中，使文本語言的清

[註5] 《子夜》裏還出現了「菩薩」和「袈裟」這兩個梵語詞，但中國古代文獻早有記載，所以這裡沒有列入。

[註6] 茅盾，《子夜》，載《茅盾全集》第 3 卷，人民文學出版社，1984 年版，第 162～163 頁。

新特徵和時代感更為鮮明。

在吸收的基礎上，作者還進一步融化了外國語言，使《子夜》顯示出與眾不同的獨特風格。

這首先表現在敘述故事、描寫環境的顯著特點是雄健而又精細。如第一章中的下面一段文字：

> 汽車發瘋似的向前飛跑。吳老太爺向前看。天哪！幾百個亮著燈光的窗洞像幾百隻怪眼睛，高聳碧霄的摩天建築，排山倒海般地撲到吳老太爺眼前，忽地又沒有了；光禿禿的平地拔立的路燈杆，無窮無盡地，一杆接一杆地，向吳老太爺臉前打來，忽地又沒有了；長蛇陣似的一串黑怪物，頭上都有一對大眼睛放射出叫人目眩的強光，啵——啵——地吼著，閃電似的，衝將過來，準對著吳老太爺坐的小箱子衝將過來！近了！近了！吳老太爺閉了眼睛，全身都抖了。他覺得他的頭顱彷彿是在頸脖上旋轉；他眼前是紅的，黃的，綠的，黑的，發光的，立方體的，圓錐形的，——混雜的一團，在那裡跳，在那裡轉；他耳朵裏灌滿了轟，轟，轟！軋，軋，軋！啵，啵，啵！猛烈嘈雜的聲浪會叫人心跳出腔子似的。〔註7〕

這段文字中動詞的運用矯健有力，其妙處在於變沒有主動性的事物為主動的事物。摩天建築會「撲」，路燈杆會「打」，各種顏色，各種形體的混雜的一團，能「跳」，能「轉」。本來是吳老太爺乘坐的汽車快速掠過客觀事物，作者卻換了一個角度，讓客觀事物排山倒海，無窮無盡地向吳老太爺「撲」過來，「打」過來，再加上一連串運動感很強的動詞「飛跑」、「放射」、「吼」、「衝」、「旋轉」、「灌滿」、「跳出」，構成了節奏緊湊、語言雄健有力的藝術氛圍，十分生動地展示了剛從鄉下來上海的吳老太爺對大城市環境格格不入的主觀感受。讓客觀事物「動」起來揭示人物的主觀感受，這本是外國文學文本常用的遣詞手段。如茅盾翻譯的短篇小說《一個英雄的死》就有這樣的句子：「這幾千幾萬個漆光耀目並且邊上塗金的喇叭，都開了朝天的大口，正向著他。」「每逢他試要說什麼話，那支針便鑽進他的頭殼，毫無惻隱心地依了

〔註7〕茅盾，《子夜》，載《茅盾全集》第 3 卷，人民文學出版社，1984 年版，第 10～11 頁。

腦子的褶皺刺著走咧。」〔註8〕但是，茅盾並非機械地生搬外國文學語言，而是根據環境描寫的需要，選擇了幾種具有代表性特徵的客觀事物，賦予它們主動性，把動詞與形容詞的運用相互交織起來，描繪出 20 世紀 30 年代大上海的城市特色。

語言的精緻與作者善於使用形容性語詞有關。如形容「窗洞」用「亮」；「建築」用「摩天」、「高聳碧霄」；形容「路燈杆」用「光禿禿的」、「平地拔立的」、「無窮無盡的」、「一杆接一杆地」。形容性語詞使環境具有層次性而自然體現出精緻的特點。這段文字運用了大量的比喻，有些比喻使語言顯得更為精緻形象。如用「像幾百隻怪眼睛」比喻「窗洞」，用「長蛇陣似的一串黑怪物」比喻「火車」，用「大眼睛」比喻火車頭上的探照燈。由於作者設喻常從大處著眼，較少用靜態的微小的事物作比喻，往往表現出宏大的氣魄。如寫摩天建築撲到吳老太爺眼前是「排山倒海般地」，寫黑怪物衝向吳老太爺是「閃電似的」，寫嘈雜的聲浪則用「會叫人心跳出腔子似的」。這些遣詞精緻的語句結構明顯體現出氣魄雄健的語言特色。

中國小說重故事情節而疏於對環境和人物心理作細緻描寫，但《子夜》卻長於細緻描寫。其中固然有多方面的原因，而長句的運用應當是原因之一。長句的特點是在句子的各個主要成分基礎上增加修飾或說明性的次要成分，有時次要成分本身就是一個分句。這並不是漢語的特點，因為漢語從根本上說是重意會而句子形式比較鬆散的語言。作者融化外國文學語言的句法特點，使語句結構精緻嚴謹，這樣便於對環境和人物作更為準確細緻的描寫。正是由於長句和短句的交錯運用，才巧妙地把雄健與精緻的語言特點統一起來。因為短句節奏快，乾脆利落，適宜表現雄健的語言特點；長句節奏緩慢，細緻綿密，適宜表現精緻的語言特點。例如「吳老太爺向前看。天哪！」「近了！近了！吳老太爺閉了眼睛，全身都抖了。」這些是短句。而「幾百個亮著燈光的窗洞……坐的小箱子衝將過來」是擁有 159 個印刷符號的長句，「他覺得他的頭顱……跳出腔子似的」也有 108 個印刷符號。

《子夜》對外國文學語言的融化，還表現於客觀敘述與人物對白運用的句法和語詞有所區別。

〔註8〕茅盾譯，《一個英雄的死》，載《茅盾譯文選集》，上海譯文出版社，1981 年 9 月版，第 150～157 頁。

客觀敘述往往用長句，結構複雜，語詞新奇。如第一章對蘇州河兩岸風光的描述：「向西望，叫人猛一驚的，是高高地裝在一所洋房頂上且異常龐大的霓虹電管廣告，射出火一樣的赤光和青燐似的綠焰：Light，Heat，Power！」這個句子裏的「廣告」一詞，既是動詞「是」的賓語，又是「射出火一樣的赤光……Power」的主語。動詞「射出」的賓語「赤光」、「綠焰」的前面都加上了比喻性的修飾語；「廣告」前面更是長長的一串修飾語。「叫人猛一驚」本是一個單句，後邊加上「的」字變成短語，這個短語充當了「是……廣告」的主語。而「叫人猛一驚的……Power」又是「向西望」的賓語。語句成分層層疊疊，這顯然融化了外國文學語言的句法特點。人物對白則以口語為主，為表現不同人物的個性特色而具有不同的言語風格。如吳蓀甫言詞專橫尖刻，趙伯韜老練奸詐，屠維岳話中藏鋒，林佩珊溫婉率真，范博文膽怯消極。口語以短句為主，很少用長句。為了更好地體現人物的性格特徵和文化教養，人物對白中有時加入了外文，而客觀敘述則很少直接用外文。

《子夜》裏有一批用外文音譯與漢語固有詞素一起構成的新語詞。英語的sofa，音譯為「沙發」，然後與漢語詞素「椅」、「榻」、「套子」構成「沙發椅」、「沙發榻」、「沙發套子」。類似的語詞還有：「華氏寒暑表」（其中的「華」是音譯，指德國物理學家 Gabriel Daniel Fahrenheit），「探戈舞」（西班牙語 tango 音譯與「舞」結合），「雪茄煙」（英語 cigar 音譯與「煙」結合），英語 flannel 音譯與「絨」結合為「法蘭絨」，英語 modern 音譯與「女郎」結合為「摩登女郎」，英說 wall 音譯與「紗」結合為「華爾紗」（「華爾」指美國財團 Wall Street），英語 moter 與「腳踏車」結合為「摩托腳踏車」，英語 bar 音譯與「酒」、「間」結合為「酒吧間」，法語 Seine 音譯與「河」結合為「色奈河」（今譯為「塞納河」）。「馬賽曲」也是由法語音譯「馬賽」，再與漢語詞素「曲」構成的語詞。這表明作者不僅吸收了外國文學語言，而且融化了外國語言作為造詞的材料，為漢語詞彙增添了新鮮血液。這些融化了外來語匯的新語詞，使文本的語言充滿了時代感和青春活力，是構成茅盾小說語言雄健精緻新穎特色不可忽視的因素。《子夜》以漢語詞彙和語法為基礎，吸收和融化外國語言成分，創造新語詞和新句法，為豐富我國的文學語言，發展當前的文學創作，提供了有益的借鑒。

原載新華出版社，2003 年 3 月版《茅盾研究》第 8 輯。

東南亞華文小說、散文的語音藝術

詩歌從古以來就是非常講究語音藝術的文學體裁，這是人所共知的常識。至於一般的小說和散文，就未必那麼重視語音藝術的運用，而且人們對小說和散文的音樂美，原本沒有對詩歌那樣高的要求。尤其是在當代詩歌語言已消解為一些參差語句的隨意排列之際，語音藝術在詩歌裏亦屬難覓，更無論小說、散文了。有幸的是，東南亞不少華文小說和散文的作者，竟然借鑒了詩歌的優良傳統，使得原本不必講究語音藝術的文本，洋溢著漢語的平仄對比、押韻和諧、節奏整齊的音樂美，這應當是東南亞華文小說、散文與國內不同的一種語音藝術特色。本文擬考察一些作家構成文本音樂美的藝術技巧。

一、靠漢字的平仄對比造成語音美感

新加坡作家駱明是最擅長於運用漢字的平仄對比來構成語音高低長短變化的專家，可以隨手舉出兩段散文予以說明。一是《漢堡——工業的城》，[註1]其中的一段文字完全可以排成詩行的形式：

在市中心，漢堡還有一大人工湖。

湖很大，煙波浩瀚，水天一色。

有湖，有水，就使這市區平添了不少嫵媚。

〔註1〕駱明，《漢堡——工業的城》，載《駱明文集》，海峽文藝出版社，1997年12月版，第26～27頁。

　　　　湖上有遊湖的遊艇，有葉葉扁舟，揚帆湖中，另有一番情趣。

　　　　白鵝優游湖上，這兒是它們的家。

　　　　海鷗在飛翔著，自由自在，那是它們的天地。

　　以句號為標誌，每句末尾的漢字與相鄰語句末尾的漢字構成了不同的語音對比：「湖」、「媚」、「家」都是平聲，音調高平而悠揚；「色」、「趣」、「地」都是仄聲，音色短促而收斂。這樣一長一短，一揚一斂，一高一低有規律地變化，就造成了語音的美感，豐富了文本的美學內涵，使散文語句有如詩一般的意境，讀來不但有藝術形象的想像空間，而且有與藝術形象水乳交融的聽覺想像空間。再看《漁港・渡輪・村莊》〔註2〕裏的一段文字：

　　　　車又駛離市區，車在郊區奔馳。

　　　　滿眼都是麥浪翻動，牛群處處。

　　　　「過春風十里，盡薺麥青青。」

　　　　看盡一片青翠，一片金黃的麥田。

　　這段散文以語句為單位重新排成詩行，它的語音效果從兩個層次上體現出來。首先是語句內部的對比：「裏」與「青」，「翠」與「田」，都是仄聲與平聲對比；其次是語句之間的對比：「區」、「馳」兩個停頓處的音節與相應位置的「動」、「處」兩個音節，是平聲與仄聲的對比。這4個語句有8處停頓，構成了平—平、仄—仄；仄—平、仄—平的整齊對應格局，造成了既有變化又和諧悅耳的語音形象。

二、靠漢字的押韻造成語句的和諧

　　第一種情況是押相同的韻，如印尼作家黃東平《豪雨即景》中有這一段描寫：

　　　　雨頭打在熱騰騰的柏油路面，遠處竟一片塵霧彌漫。但才一轉

　　念，雨點已迎面撲來，一大點才打在我頭上，十幾大點已打在我身

　　上，待衝到屋簷下，我已濕透了大半肩……熱帶的紅太陽又偷偷露

　　了臉。一抬頭，才看見天上鬱積低沉的雲翳，不知什麼時候已給抹

　　拭得乾乾淨淨，眼前正展現一片高曠無際的藍天。〔註3〕

〔註2〕駱明，《漁港・渡輪・村莊》，載《駱明文集》，海峽文藝出版社，1997年12月版，
　　　　第28～30頁。
〔註3〕黃東平，《豪雨即景》。

如果不計較介音，靠著字裏行間的同韻漢字「面」、「漫」、「念」、「肩」、「臉」、「天」，使整段文字變得酣暢和諧，由於押韻的仄聲字占多數，語音的短促特徵與豪雨的乍來急收相得益彰，給人以如臨其境，如聞其聲的真切感受。馬來西亞作家林辛謙《破碎的話語》中有的語段也運用了同韻相押的手法，如「千春過盡，千秋重臨，我重複著前人的心路歷程，黯艷繁簡，領略於心。」〔註4〕其中「盡」、「臨」、「心」押韻，使環境與心境前後印照，融會統一於相同的語音形象，產生了令人回味的藝術效果。

第二種情況是分別押不同的韻，如菲律賓作家陳天懷《春風浩蕩拂椰廬》的這段話：

> 春風浩蕩曾帶給我幸福和歡娛，也曾帶給我艱危和恐懼，那椰
>
> 林氣息，綠野天姬，我為它陶醉，為她傾倒。〔註5〕

這段話共有 6 個語音停頓，前兩個語音停頓以「娛」、「懼」押韻，使相互對立的語義內涵借助相同的韻腳得以構成和諧的語音形象。中間兩個語音停頓利用「息」和「姬」相押而把自然形象與人物形象融為一體，後兩個語音停頓雖不押韻，卻借助於相同的語法結構而歸為一類。前後兩組語音停頓所押的韻雖然不同，卻分別塑造了和諧的語音形象，揭示了語段的思想層次。

第三種情況是押交錯韻，如馬來西亞作家寒黎《以後你是一種姿勢，常存在我的眸裏》的一段文字：

> 時間靜止，只聽得天籟如《彌賽亞》突地唱起。這個時候最適
>
> 合我再對你述說一個成為過去式的故事：你敞開身上的衣物，洇遊
>
> 於夜之瀚海裏。〔註6〕

這段文字中「止」與「事」，「起」與「裏」交錯相押，造成兩種既對立又統一的語音形象，與語義層次上動與靜兩種狀態的既對立又統一配合和諧。新加坡作家姚紫《窩浪拉里》也有這樣一段話：「在叢林中，濃密的綠色，新鮮的空氣，清脆的鳥語，稀疏的陽光，構成了詩般的天地，那是多麼令人想不到的戰

〔註4〕林辛謙，《破碎的話語》，載鍾怡雯《馬華當代散文選》，（臺灣）文史哲出版社，1996年 3 月版，第 42 頁。

〔註5〕陳天懷，《春風浩蕩拂椰廬》。

〔註6〕寒黎，《以後你是一種姿勢，常存在我的眸裏》，載鍾怡雯《馬華當代散文選》，（臺灣）文史哲出版社，1996 年 3 月版，第 210 頁。

亂中的遭遇！」〔註7〕其中「氣」與「地」，「語」與「遇」交錯押韻，把自然形象「空氣」、「鳥語」與人的心靈感受「詩般的天地」、「令人想不到的戰亂中的遭遇」交織在一起，以兩種不同的語音形象暗示了表面美好的自然形象背後所隱藏的痛苦經歷。一般說來，運用交錯韻便於塑造對立的語音形象。如果要造成既對立又統一的語音形象，兩類韻腳應當有比較接近的音色。寒黎和姚紫的上述兩段文字正好具備這一特徵，「止」、「事」與「起」、「裏」的韻母雖然不同，但音色比較接近。「氣」與「地」的韻母是 i，「語」與「遇」的韻母是 ü，兩類韻母都是單元音，音色相近，僅有齊齒與撮口之分。由此可見，作家在塑造語音形象時，對漢字韻腳的選擇和配搭是頗具匠心的。

三、靠相等音節的並列造成整齊的節奏

只要運用相等的音節並予以相同的語音間歇，就會構成節奏。富於節奏的文本則具有相應的語音效果。東南亞華文作家構成文本節奏有如下方式：

1. 單音節並列

新加坡作家尤今的《完人》：「她翩翩起舞，手足如蛇，柔若無骨，輕、俏、巧、靈，舞畢回眸而笑，媚由骨生。」〔註8〕《生死線上的掌聲》：「四條腿，好似螃蟹的鉗一樣，陰、毒、狠、辣。」〔註9〕

2. 雙音節並列

馬來西亞作家許裕全《長夜將近》：「時間停止了流動。各種影像在我腦海中捶碎、拆散、游離、併攏組合。」〔註10〕印尼作家黃東平《赤道線上》：「遠山，近村，樹叢，田畝，在他身邊載浮載沉。」〔註11〕

3. 三音節並列

馬來西亞作家黃錦樹《光和影的一些殘象》：「走過無數青春的身影，而泰

〔註7〕姚紫，《窩浪拉里》，載楊越、陳實《新加坡華文小說家十五人集》，花城出版社，1988 年 6 月版，第 67 頁。

〔註8〕尤今，《完人》，載《浪漫之旅》，浙江文藝出版社，1991 年 9 月版，第 155 頁。

〔註9〕尤今，《生死線上的掌聲》，載《浪漫之旅》，浙江文藝出版社，1991 年 9 月版，第 140 頁。

〔註10〕許裕全，《長夜將近》，載鍾怡雯《馬華當代散文選》，（臺灣）文史哲出版社，1996 年 3 月版，第 328 頁。

〔註11〕黃東平，《赤道線上》，鷺江出版社，1987 年 11 月版，第 485 頁。

半只是青春在衣著上，窄裙、長裙、牛仔褲。沒有笑容的臉。蘿蔔腿、鷺鷥腳。扁平族、炮彈族。苦瓜臉、草莓臉、瓜子臉。」〔註12〕《赤道線上》：「聽那奔跑聲、呼喊聲、那氣氛、那情景，彷彿四周的地面也會搖動，天也在呼呼地響！」〔註13〕

4. 四音節並列

尤今《敝帚父珍》：「圓圓的眼，明察秋毫；圓圓的臉，長年含笑。」〔註14〕

尤今《林中水上逍遙遊》：「我目前的生活，就好像是一葉木筏，隨水而流，順心而去，沒有鬥爭、沒有傾軋；賺多賺少、要賺不賺，全隨我意。」〔註15〕

5. 五音節並列

尤今《祖孫共圓一個夢》：「怡保的火車站，古老而陳舊，腐朽的木椅，一排又一排，寂寞地橫陳。」〔註16〕

6. 相同數目的音節對應排列

《風情萬種的小城》：「寺內，信徒如湧，誦經之聲，不絕於耳；寺外，群燕飛繞，啁啾之聲，不絕如縷。」〔註17〕

尤今《山城歲月》：「粉紅的、紫紅的、鮮紅的九重葛，快活地、絢爛地、任性地綻放著。」〔註18〕

尤今《果園之戀》：「長長的枝椏，是秋韆；細細的果蒂，是手臂。」〔註19〕

7. 不同數目的音節分組並列

《一年只活四個月的伊甸園》：「遊客驚人地多，旅館滿、餐館滿、酒廊滿、

〔註12〕黃錦樹，《光和影的一些殘象》，載鍾怡雯《馬華當代散文選》，（臺灣）文史哲出版社，1996年3月版，第218頁。

〔註13〕黃東平，《赤道線上》，鷺江出版社，1987年11月版，第417頁。

〔註14〕尤今，《敝帚父珍》，載《尤今散文選》，百花文藝出版社，1991年3月版，第15頁。

〔註15〕尤今，《林中水上逍遙遊》，載《浪漫之旅》，浙江文藝出版社，1991年9月版，第129頁。

〔註16〕尤今，《祖孫共圓一個夢》，載《尤今散文選》，百花文藝出版社，1991年3月版，第22頁。

〔註17〕尤今，《風情萬種的小城》，載《浪漫之旅》，浙江文藝出版社，1991年9月版，第26～27頁。

〔註18〕尤今，《山城歲月》，載《尤今散文選》，百花文藝出版社，1991年3月版，第131頁。

〔註19〕尤今，《果園之戀》，載《尤今散文選》，百花文藝出版社，1991年3月版，第107頁。

舞廳滿。水裏、岸上、車裏、路上，擠滿的，全都是人、人、人！」〔註20〕

《阿拉伯的香水故事》：「器皿以內，滿滿地盛著晶亮清徹的香水，色彩繽紛，舉目望去，有鮮豔的紅、醒目的黃、嬌麗的橙、羅曼蒂克的紫、怪裏怪氣的青，等等等等。」〔註21〕

不同音節群有不同的節奏感。由單音節停頓造成的節奏比較凌厲響亮，適於表達個性鮮明的形象特徵；由雙音節停頓造成的節奏比較整飭穩重，塑造的語音形象與文本意象配合默契，有利於拓展一連串意象構成的意境；三音節停頓比較活潑，其節奏較為舒展，它常用來打破長句的沈寂和雙音節音步的習慣框架；四音節停頓比雙音節停頓更為穩重而且雍容大度，其信息量常常超過構成成分的漢字表層信息，因而成語大都採用四音節結構。四音節停頓往往意味著意象群的分組，並列的四音節結構借助停頓產生的節奏，使意象群既相互區別，又相互融匯為相似的語音形象；五音節停頓很少運用，原因在於五音節結構通常是由兩個雙音節成分加上連接詞或由一個三音節加上一個雙音節成分構成，這樣，它實質上存在 2—1—2、2—3 或 3—2 這樣的心理停頓，因此，它以緩慢從容的節奏表現的意象往往帶有描寫的意味；至於相同數目的音節對應排列，是語段節奏整齊劃一的不二法門，因此，古代韻文與現代文本中的對偶句，都採用這種方式排列。儘管表現不同意象可以採用不同數目音節的靈活組合，語段內部的語音形象之間未必節奏一致，但由於每個不同的音節組合必有其對稱的成分，因而在語段宏觀層次上仍然保持節奏整齊。不同數目的音節分組並列的效果與此相反，它不求語段宏觀節奏的整齊，卻力求語段之中各意象群以音節的不同構成不同的節奏，從而使語段節奏產生波瀾而相互區別。但在同一語段之中的不同音節群，仍以相等音節數目而在微觀層次上保持相對的整齊和諧。

原載廈門大學出版社，2005 年 3 月版《菲華文學在茁長中》。

〔註20〕尤今，《一年只活四個月的伊甸園》，載《浪漫之旅》，浙江文藝出版社，1991 年 9 月版，第 30 頁。
〔註21〕尤今，《阿拉伯的香水故事》，載《浪漫之旅》，浙江文藝出版社，1991 年 9 月版，第 102 頁。

丁玲小說文學語言藝術特色管窺
——以《杜晚香·歡樂的夏天》為例

　　從純文學的角度評價小說固然能夠給人以啟迪，但僅從純文學的角度審視小說還遠遠不夠，因為文學文本，尤其是優秀的文學文本具有深厚的內涵，從不同視角，不同層次，不同學科領域去觀照它，都會有新的發現，新的價值。由於文學文本是由具體的語言符號按作家的藝術設計構建而成的，因此，從文本的語言層次出發，分析語言符號之間的相互關係，探索語詞、語句、語段、語篇怎樣相互聯繫，怎樣構成文本獨具的音象、語象、意象、形象、意境、風格特徵，是解讀文本，進而分析文本，批評文本，發掘文本藝術審美價值的一條新思路。

　　語詞的聚合關係表現為相同詞性的一群語詞，在文本當中相互映照，相互激發，為營造特定的藝術氛圍提供語境聯想；語詞的組合關係則表現為不同詞性的語詞在文本中互相聯繫，互相補充，共同構成鮮明生動的藝術形象。藝術形象與語境聯想的自然融合為創造特定的意境提供了優越的條件，而語詞分類聚合與組合的方式千變萬化，由此形成文學文本千差萬別的語言藝術特色。

　　本文試從語詞的聚合、組合關係和語段的組合關係兩個方面切入，探討《杜晚香》其中的一章——《歡樂的夏天》的語言藝術特徵。

　　引起聯想是營造特定藝術氛圍的主要手段，但是聯想並非毫無根據的胡思

亂想，而必須以文本的語詞為基礎。相同詞性的一群語詞，在文本中相互整合生成具有審美意味的語象、意象或形象，從不同方面為聯想提供了廣闊的空間。請看《歡樂的夏天》〔註1〕開篇的三個語句中語詞的運用：

> 七月的北大荒，天色清明，微風徐來，襲人衣襟。茂密的草叢上，厚厚的蓋著五顏六色的花朵，泛出迷人的香氣。粉紅色的波斯菊，鮮紅的野百合花，亭亭玉立的金針花，大朵大朵的野芍藥，還有許許多多叫不出名字的花，正如絲絨錦繡，裝飾著這無邊大地。

先從聚合的角度看名詞的運用。這段文字裏出現的名詞有四個小類：

1. 七月

2. 北大荒、大地

3. 天色、微風、人、衣襟

4. 草叢、花朵、香氣、波斯菊、野百合花、金針花、野芍藥、絲絨、錦繡

四組語詞顯示了與時間、地域、氣候、環境的對應關係，這就在語詞層面上構築了一個特定的時空審美座標，在這個座標內相關語詞「微風」、「衣襟」可能導致觸覺效果，「花朵」、「香氣」可以直接產生嗅覺效果，而一連串花朵的名稱由「絲絨」、「錦繡」加以總括，顯然造成了五彩繽紛的視覺效果。觸覺、嗅覺、視覺多種效果相互融合，使從未到過北大荒的人產生身臨其境的感受。

其次是動詞的運用。動詞為數不多，但顯示了很強的主觀能動性：「來」、「襲」妙在以人的行為特徵模擬自然現象，造成悄悄的、不知不覺的動感；「蓋」把天然的美景異化為人為的安排，把無意識的自然改變為有意的鋪設；「泛出」是一個客觀詞，它與主觀詞「蓋」的表現角度相反，直指香氣的濃鬱，這就把不可見、不可捉摸的香氣，轉化為掩蓋不住的，陣陣溢出的波浪形象；「如」則以主觀感受引出喻體，加強視覺形象；「裝飾」賦予無意識的自然景觀以主體意識，營造喜慶氛圍。動詞主體化使由名詞構建的客觀時空帶有主體意識，從而賦予文本擬人化表達效果。由此可見，擬人化修辭手段的語言底層，就是動詞的主體化運用。

再次是形容詞的運用。形容詞是對名詞的進一步形象化、藝術化。例如，「清明」就是「七月」、「天色」的具體描寫；「茂密」是對「草叢」形態的刻

〔註1〕丁玲，《杜晚香》，載《丁玲選集》第二卷，四川人民出版社社 1984 年 8 月版，第510～538 頁。

畫;「無邊」是對「大地」的宏觀展現。這些形容詞與名詞搭配默契,共同構築了一個天地恢宏、氣象壯觀的北大荒藝術世界。更多的形容詞則指向「花朵」,因為「花朵」是本段描寫的重點。描寫「花朵」的形容詞也有四個小類:

1. 寫香氣:迷人
2. 寫數量:許許多多
3. 寫色彩:五顏六色、粉紅色、鮮紅
4. 寫形狀:亭亭玉立、大朵大朵

除第 1 類強化嗅覺形象外,其餘重在營造視覺形象:花朵種類多,色彩豐富,姿態秀麗,呈現北大荒夏天的歡樂喜慶。

從組合關係看,這三個語句內部語詞的組合形式不盡相同,但有大體一致的趨勢,一是都用短語排列,再是短語的語法結構有一二種占主導地位。第一句包括一個定中短語,兩個主謂短語,一個述賓短語;第二句包括一個省略介詞的介賓短語,兩個述賓短語;第三句包括四個定中短語,三個述賓短語。定中短語和述賓短語占絕對優勢,表明描寫鋪敘是這一語段生成意象和構成形象的主要手段,而意象與形象的藝術審美內涵,則是由意象之間、形象之間的相互整合而產生的。

「北大荒」、「天色」、「微風」、「衣襟」與「七月」、「清明」、「人」等意象的整合,再嵌入「徐來」、「襲」,構成了天清風徐,富於動感的北大荒的環境形象。「草叢」、「花朵」、「香氣」與「茂密」、「五顏六色」、「迷人」等語象整合為「茂密草叢」、「五顏六色花朵」、「迷人香氣」等意象,加以「蓋」和「泛出」前後呼應的系聯,構成了芳草之上滿是香花的七月北大荒的主要特徵形象。「波斯菊」、「野百合花」、「金針花」、「野芍藥」這些彼此獨立的意象,都與修飾性語象整合為或重於色彩,或重於姿態的具有個性特徵的意象。這些意象再進一步整合為絲絨錦繡般裝飾著的七月北大荒的總體藝術形象。

不過,這僅是語詞相互整合生成的表層形象。有的語象其實還可能生成具有更深層含義的文化形象。所謂文化形象,是指歷史上與某個或某些語詞相系聯的文化意象在文本環境中與其他意象相互激發而生成的形象。如「天色清明」指天空清徹明朗,表層意象為自然氣象,而在《杜晚香》這一文本環境中,則映射晚香所處時代的政治氣候特徵,映現的是人民當家作主,社會主義祖國欣欣向榮的動人景象。為什麼「天色清明」能夠引起社會清平這一聯想,進而產

生具體形象呢？原來漢代學者就已把「清明」與社會政治相聯繫。毛亨認為，《詩・大雅・大明》「會朝清明」的意思就是「不崇朝而天下清明」，但根據鄭玄的看法以及當代學者的考證，其實「清明」即「昧爽」，也就是天剛亮的時候，〔註2〕它的含義跟社會政治是否清正廉明毫不相干，但既然後人沿用它指社會政治，久而久之就成了約定俗成的傳統，今天的中國人，在特定文本環境中把它與社會政治面貌相聯繫，並且整合為新的文化形象也就不難理解了。「花朵」除了在植物學層面的含義而外，還有文化學層面的含義，如「祖國的花朵」就可能生成兩種不同的意象。就文化學層面而言，同樣可能生成正反兩類文化形象。一類是自《詩經》、《楚辭》以來與繁榮、幸福、喜慶相聯繫的文化形象，另一類是從花朵的生物特徵引發的輕薄、卑賤的文化形象。就《歡樂的夏天》文本環境而言，毫無疑問，「花朵」映現了七月的北大荒姹紫嫣紅、充滿生機的繁榮景象。

就語段的組合關係看，《歡樂的夏天》由四個自然段構成，段與段之間沒有關聯詞銜接，也缺乏語義邏輯上相互呼應的過渡語詞作為聯繫紐帶，可見語法與語義邏輯不是主要的語段組合方式。綜觀本章的文本結構，它主要依靠的是藝術表現手段來集段成篇。具體說來，就是從宏觀到微觀，從環境到人群，從整體到局部，步步近逼，最後聚焦於杜晚香，以此揭示處於「這美麗天地之間」的大環境中主人公的「幸福的人生」與「崇高的、尊嚴而又純潔」的心靈。

第一自然段是一幅七月的北大荒的自然風景畫，這幅畫既有渾厚的油畫色彩，又有電影長鏡頭的恢宏和動感。北大荒的七月，被比作「絲絨錦繡」，她的絢麗華貴的氣派，既非妖豔的貴婦所有，亦非達官貴人的庭苑可比，因為她是造物主著意裝飾的大地之夏，她展示的是宇宙自然最美麗的畫面。色彩的濃鬱不僅來自色彩語詞的明示，而且來自擬人化的暗示：「厚厚的蓋著五顏六色的花朵」，花朵不是自動開放的，而是造物主為了增添北大荒的絢麗色彩才給大地「蓋著」的。風景的恢宏，除了花朵顏色的豐富，花朵品種的多樣，花朵香氣的迷人，還得力於「裝飾著這無邊大地」的氣度。裝飾的不是居室，也不是人物，而是「無邊大地」，誰有如此魄力？除了大自然、宇宙之神，誰也辦不到。無論草叢還是花朵，構組的都是靜態畫面，但是看來卻像電影在銀幕上

〔註2〕 ［清］阮元校刻，《十三經注疏》，上海古籍出版社，1980 年 10 月版，第 508 頁。

映現。微風不是「吹」，不是「起」，而是「來」；不是「撩起」，不是「掀動」衣襟，而是「襲」，是悄悄侵入，這就很容易借助聯想生成鮮活動人的形象：無邊大地就是濃香噴溢、鮮花搖曳的海洋。用鮮明的意象構組為絢麗的形象，以暗示和聯想使形象生動化，這是第一自然段的基本藝術表現手法。如果聯繫到後文，還可發現裝飾無邊大地的絲絨錦繡暗示社會主義建設欣欣向榮的大好環境，文本表現的生機勃勃北大荒為杜晚香提供了理想的表演舞臺。

　　昆蟲、飛禽、走獸交織成一幅鮮活的動畫圖景，活躍的動物在草叢、鮮花的背景上展開，顯示了北大荒的無邊大地上無論植物還是動物都充滿勃勃生機，暗示這塊土地上的人群，也會有「活躍的生命」、「幸福的人生」。文本以雙音詞為主幹逐類鋪敘，謳歌北大荒的生命力，使文本富有節奏和樂感，這就為無聲的畫面配上了音樂，有如在鋼琴的伴奏下欣賞動畫。以富有節奏和樂感的語詞鋪敘自然物象，把不同的意象組接在一個畫面上，構成既有視覺感受，又有聽覺感受的視聽形象，是本段文本的亮點。

　　第二自然段在北大荒的自然背景下推出農場職工熱火朝天的勞動場景。從大自然到農場，從農場到場院，逐步描繪出一幅具有綠、黃、紅、黑四種色彩的圖畫。畫面以紅、黃二色為主要對比色：大面積的金黃色海洋裏馳騁著點點鮮紅的拖拉機、聯合收割機。這種強烈的暖色調恰到好處地表現了勞動的熱烈氣氛。「艦艇」、「海洋」、「走過」、「飛馳」等意象和語象，整合成具有理想化特徵的形象，給畫面增添了富有生命動感的想像空間。動態畫面中的一個鏡頭，就是描繪場院裏勞動者的聲音和喇叭裏播送的音樂所渲染的熱烈氣氛。如果說前者是一幅色彩強烈的豐收圖，那麼整個場院描繪就是在演奏勞動者的樂章。文本以排比和字列的規律性長短變化構成節奏，並注意音節的呼應與諧韻，「沸」與「顧」遙相呼應，「蕩」、「洋」、「浪」相諧，「間」、「轉」、「喚」也諧韻，使得文本的內容與形式渾為一體，構成豐收的旋律。這旋律通過創造的意象「高山之巔」、「洶湧的海洋」、「小橋流水」，把不可見的聽覺形象轉變成了生動感人的視覺形象，無疑增強了樂章的感染力。

　　第三自然段由農場推進到勞動者，用特寫鏡頭展示勞動者形象。以「一會兒」為引導排列相似結構的語句，著力描繪年輕婦女們「熱情豪邁」的嶄新面貌。然後鏡頭對準這群婦女的帶領者杜晚香，通過「抬頭環望」、「低頭細看」等語象借晚香的眼睛展示婦女們的勞動熱情與豐收成果，以「珍珠」意象映像

「麥粒」來增強感染力。以「提心弔膽」與「默默微笑」對比人物今昔的精神變化，把對比的內心感受外化為歌聲迸發出來，增強了人物情感的表現力度。進一步由點及面，讓晚香的歌聲成為大眾的歌聲，用「情不自禁」暗示晚香的感情代表著人民的感情，從而使晚香形象具有典型意義。

第四自然段把上段的「環望」、「細看」、「踩」、「翻」、「唱」等行為描述提升到對晚香勞動態度的評價。首先用兩個否定句揭示晚香對勞動的感受，繼用一個包含對比的語句陳述她對勞動的執著，再用一個對比句顯示她對勞動報酬的態度，以人們「驚奇的眼光」反襯她既是個平常的「小女子」，更是個有「崇高的、尊嚴而又純潔的光輝」的不平常的女性。無可諱言，這一段主要不是借助形象本身去打動人，而是參與了較多的主觀評價。這就使得語言的藝術感染力不能不打折扣。

總觀全章，作者語言功力的深厚和語言技巧的純熟是顯而易見的。由語詞組合生成的意象和形象，的確具有作家個人獨到的語言藝術特徵。

定稿於 2005 年 9 月 13 日。

茅盾抒情散文的語言藝術

　　茅盾抒情散文並不華麗卻具有動人心魄的魅力，這與其遣詞造句運用語言的藝術直接相關。本文從語言底層出發加以分析，揭示其藝術魅力產生的主要原因在於語詞意象的內在聯繫與巧妙組合。

一、聯想藝術

　　作者在《白楊禮讚》開篇第一句就切入主題，直接讚美不平凡的白楊樹，可是不少人不理解接下來為什麼用長長的一段文字去寫黃土高原。對語詞的分析顯示了作者的藝術匠心，請看：黃綠錯綜——大毯子——外殼、麥浪——無邊無垠——雄壯、偉大——單調。這些語詞從視野所及的景物一步一步演繹到思維層面的單調，靠的是定向聯想。定向聯想是作者行文的思緒，完全靠語詞運用引導讀者。按常理，人的思維是發散性的，對同一個語詞理論上有無數個思維方向，如對「黃綠錯綜」的聯想並不只有「大毯子」一條思路，對「雄壯」、「偉大」產生的反映更不一定就是「單調」。可是置身於作者用相互聯繫的語詞構築起來的文學語言環境中，誰也不能否認單調這種感覺是合乎情理的。而單調並非作者行文的旨歸，由它作為引玉之磚引出白楊的不平凡才是聯想描寫的目標所在。直切主題的讚美與繚邊鼓似的極寫黃土高原之雄壯偉大，從語詞運用的技巧著眼，不但發揮了聯想的妙用，而且還渲染氣氛、展現黃綠色彩對比、突出白楊在高原上像哨兵傲然聳立，藝術地再現了

理想形象。可謂一箭三雕，非語言大師不可為！

從語詞的表現功能著眼，「黃」與「綠」這兩個色彩詞分別對應「土」與「麥浪」，構成了「黃土」與「綠麥」兩個錯綜對比的意象，這就賦予了「大毯子」這個語詞宏大鮮明的色彩效果。然而「大毯子」既不全非天造，也不純靠人力，而是由「偉大的自然力」與「人類勞力」共同織成，這就從語詞的特殊內涵發掘出讓人由衷感慨的聯想：這條黃綠錯綜的大毯子確實雄壯偉大！這樣的聯想還基於鮮明意象的塑造，靜態的無生命的自然力，讓「堆積」這個動詞點活，從而成功地創造了高原的外殼——黃土，「黃土」意象不僅是「大毯子」這個意象的色彩組合成分，而且是一種古老文化、悠久傳統的重要組成部分，因為在漢人眼裏，黃土既是司空見慣極為普通的，又是中華民族賴以生存，極不平凡極有歷史內涵的事物。這就從「黃土」意象的歷史層面為下文讚美白楊是「西北極普通的一種樹，然而實在不是平凡的一種樹」提供了審美暗示和白楊之所以值得讚美的歷史內涵。

白楊作為「西北極普通的一種樹」，不再是生物學意義上的一種木本植物，而是文學文本中的一個意象，作者通過對此意象的逐層雕琢，與其他具有修飾性特徵的意象融為一體，通過聯想映像人物形象，從而使白楊昇華為感人的藝術形象。

首先，作者賦予白楊「力爭上游」的個性，這一個性由如下意象加以表徵。第一：「幹」。「幹」的特徵是「筆直」，「高」，「一丈以內，絕無旁枝」；第二：「枝」。它的特徵除了「筆直」，還「一律向上，而且緊緊靠攏」，「成為一束，絕無橫斜逸出」；第三：「葉」。其特徵為「寬大」，且「片片向上，幾乎沒有斜生的」；第四：「皮」。「光滑而有銀色的暈圈」，「淡青色」。由幹、枝、葉、皮四個意象一步步將白楊意象具體化，而且把這一具體化的意象置於「北方的風雪的壓迫下」這樣的特定環境中，使它那「參天聳立，不折不撓，對抗著西北風」的文學意象與作者賦予白楊「力爭上游」的個性融為一體，這就為白楊人格化的形象塑造預先作好了鋪墊。

其次，作者運用暗喻和擬人手法，稱白楊是樹中的偉丈夫。這就為完成白楊藝術形象的塑造，並且為進一步聯想到北方的農民，點明讚美白楊就是讚美北方農民所具有的精神，架設了一道符合邏輯，合乎情理的橋樑。偉丈夫形象以「姿態」為表徵，它缺乏「婆娑」、「橫斜逸出」的陰柔美，但卻有「偉岸，

正直，樸質，嚴肅」的陽剛美，與「它的堅強不屈與挺拔」氣質相得益彰，活脫脫就是樹中的偉丈夫！偉丈夫只是表象，並非白楊藝術形象的實質，通過物與人的相同形象特徵「傲然挺立」與氣質特徵「樸質，嚴肅，堅強不屈」引起聯想，把北方農民與白楊緊密融為一體，完成了白楊——北方農民藝術形象的塑造。

二、渲染藝術

以《櫻花》為例，渲染藝術表現為氣氛的營造與本體的暈染，而氣氛的營造客觀上也是烘托本體。先看作者營造氣氛的語言技巧。

《櫻花》開篇接連花費了 5 個自然段的篇幅，但仍未接觸到櫻花的本體。這猶如京劇出將之前的一陣陣鑼鼓，引起讀者對櫻花的好奇與渴望，為櫻花露臉做好了層層鋪墊。第一段的關鍵詞是「豔說」、「面目」、「失敗」；第二段通過見慣櫻花的人不善表達，由「面目」延伸到「色相」，引起懸念；第三段運用「赤裸裸」、「光滑」、「滋潤」、「淡灰色」、「發亮」等語詞的系聯，呼應上段的「色相」；第四段筆鋒一轉，頓宕有致：這不過是「假想」的櫻花樹，而非櫻花！第五段以報紙的「廣告」、車站的「廣告牌」、天皇的「賞櫻會」，極寫觀花涉及面之廣、層次之高，更以「據說」全日本只有上野公園內一枝櫻花獨「笑」，為櫻花正式出場造就了濃鬱的藝術氛圍。

第一段所謂的「櫻花」，只是一個聽人「豔說」的模糊概念而已。只憑這一僅聞其名未見其形的空洞概念，企圖「抽繹出櫻花的面目」，「始終是失敗」。與通常散文長於直觀生動的形象描繪不同，作者開篇並不直寫櫻花的本體特徵，卻是以空洞的豔說與抽繹櫻花面目的失敗引起懸念。這是在勾畫櫻花本體之前做的第一次外圍清水鋪染，既無形體，也無色相，它的功能在於契合讀者的好奇心理，自然引起了讀者欲睹櫻花的願望。

繼泛泛的「豔說」之後，平地一波突起，推出了一個見慣櫻花的 Y 君。這下總該知道一點櫻花的色彩或形象了吧，然而，輕輕帶出一個「可惜」，因為「Y 君不是善於繪聲影的李大嫂子」，這就一斧斬斷了欲知櫻花色相的懸念，讓人的期盼瞬間跌入波谷。本段以具體人物的知而不述，勝於上段往常聽人的「豔說」，亦即在第一次外圍清水鋪染之後，向主要目標靠近的第二次清水鋪染。名為「清水」，因其只為造勢，毫無色相蹤影。

終於接觸到具體的實物了，第三段展開了散文家慣常運用的描寫手段，塑造了「一排樹」的意象，這讓已經絕望的心念又點亮了希望之光。但是，作者卻讓這一意象處於「寒風凍雨」的生存環境之中，「只剩著一身赤裸裸的枝條」。櫻花何在？這不免讓剛剛點亮的希望之光黯然失色。櫻花的色相不得而知，那就只好看看樹了。這樹「沒有梧桐那樣的癲皮，也不是桃樹的骨相，自然不是楓」，一連三個否定，借否定的對襯而突出了肯定的特徵：樹皮「光滑而且滋潤，有一圈一圈淡灰色的箍紋發亮」。這些富於質感的詞彙，把「一排樹」的意象具體化細膩化，留給了讀者較深的印象。這樣的烘染效果雖然有質感有色彩，但也不過是樹，不是花，何況這樹是不是櫻花樹尚不得而知！不過，就渲染技巧而言，虛寫造勢已經走到了描繪實物這一步，應當說是由清水鋪染過渡到淡色烘染，由「一排樹」意象的塑造劍指「花」意象的經營肯定是箭在弦上了。

因為第三段所描繪的「樹」的意象特徵從未見過，便「假想」這樹就是櫻花樹。既是「假想」，未必當真，不過，既以櫻花樹為假想目標，當然也是為最終表現櫻花所做的鋪墊。心念的虛寫，亦當似清水一掬，與「一排樹」的實寫相映成趣，「假想」一詞是由寫櫻花樹逼近到描繪櫻花形象的肯綮所在。

第五段以「終於」發端，一波三折，虛虛實實，終於寫到櫻花了。然而，櫻花出場之前，仍是一派鑼鼓：首先是以「觀花為號召」的「廣告」；其次是「賞櫻會」的「新聞」。這些都是眼觀耳聞的有關櫻花的信息，這些信息反映了櫻花影響面之廣，涉及社會層次之高，為下一步描寫櫻花本體造就了濃鬱的環境氣氛，這也就暗示了櫻花在日本具有與凡花迥然不同的觀賞價值與文化魅力。在這樣的氛圍中，文本進一步以第一人稱視角重重地抹上一筆：「然而我始終還沒見到一朵的櫻花」，仍然是「報上消息」，「謂全日本只有東京上野公園內一枝櫻花樹初初在那裡『笑』」。到一枝櫻花樹初初「笑」為止，氣氛渲染可謂無以復加，讀者也被弔足了胃口，然而櫻花的形態色相仍然是個懸念。

在連續用五個自然段造足了櫻花出場的濃鬱氣氛之後，緊接著以兩個自然段的篇幅對櫻花本體加以暈染。為什麼不對櫻花的花萼、花瓣、花蕊以及整朵花等具體形象加以細緻勾勒描寫，卻運用中國畫大面積橫掃的暈染法呢？這種表現手法能造成什麼藝術效果呢？

先看第六自然段。由於特定的文本環境是「在煙霧樣的春雨裏」，這就決定

了櫻花出場的第一印象不重個體形態而重整體感覺。「煙霧樣的春雨」給人迷濛的感受，在這樣的心理狀態下，「驀地看見池西畔的一枝樹開放著一些淡紅的叢花」，顯然是遠看而非近觀，因而不可能看清每朵櫻花的具體形態，不追求對單個櫻花形象的微觀感受，對單個的櫻花也就不存在精雕細刻的可能性。「叢花」的特徵是「密集」，「而且又沒有半張葉子」，暈染的對象是「一枝樹」上的櫻花，「一枝樹」的櫻花給人以整體朦朧的美感。但這只是對「一枝樹」的初步暈染，這一步染出了櫻花的「密集」與「淡紅」這兩個最基本的形象特徵。

第七自然段在對「一枝樹」初步暈染的基礎上擴展了對櫻花形象的描繪。描繪分為三個層次：一是「首先開花的那一株已經穠豔得像一片雲霞」；二是「比梅花要大，沒有桃花那樣紅」；三是「纖形的密集地一層一層綴滿了枝條，並沒有綠葉子在旁邊襯映」。通過「雲霞」、「梅花」、「桃花」、「纖形」這幾個意象的組合，再加上「穠豔」、「紅」、「密集」這幾個形容詞的修飾，塑造具有朦朧美的櫻花形象終告完成。

為什麼作者採用虛實相間、由遠到近、意象相關的渲染手法，而且寧願花費七個自然段的篇幅來塑造櫻花的朦朧形象，卻始終不肯著墨於單個櫻花的勾勒呢？這除了審美意趣的追求不同之外，更有文章主旨取向的驅使。試看篇末的點睛之語：「我的結論是：這穠豔的雲霞一片的櫻花只宜遠觀，不堪諦視，很特性地表示著不過是一種東洋貨罷了」。

三、對比藝術

對比是一種常見的修辭手段，而茅盾的散文《冬天》卻通篇貫穿對比，把修辭手段變成了寫作方法。尤為可貴的是，通篇的對比既不是哲理的說教，也不是空洞的感歎，而是通過意象組合構成形象，由不同形象的對比產生感人的藝術魅力。作者為了抒發對冬天的情感變化，選擇了人生不同的三個階段，在語詞層面上以「十一二歲」、「二十以後」、「始於最近」三個短語為標誌。冬天不好，要穿「許多衣服」；冬天好，正好「放野火」。為了表現「放野火」之好，又以都市與鄉下作比。通過「灰色」、「細曲」、「枯黃」、「難看」與「畢剝畢剝」、「騰騰地」、「紅火焰」、「潮水」、「波浪」所展現的不同景象，生動比照出都市孩子的可憐與鄉下孩子放野火之樂。

其中最具對比藝術魅力的當數第六自然段，分析此段中意象之間的相互聯

繫，可以窺見形象的構成技巧以及藝術魅力產生的原由。

意象的對比有兩個層次。第一層是「馬路」與「大草地」。灰色的「馬路」與一望無際的「大草地」以目視的具體事物作為文本意象，分別顯示了都市孩子與鄉下孩子所處的不同環境。「大草地」的遼闊廣袤氣象是都市孩子「從沒見過」的，這就從人生視野廣狹對比的角度，揭示了生存環境侷限於灰色「馬路」的都市孩子之「可憐」。

第二層是都市公園裏的「草皮」與鄉下的「枯草」。這兩個意象都以草為核心，但意象內涵迥異。都市公園裏的「草皮」的形態特徵是「細曲得像狗毛一樣」、「枯黃了時更加難看」；而鄉下的「枯草」則「又高又密，腳踏下去就簌簌地響，有時沒到你的腿彎上」。同樣是水，河伯見到海若，不免發出感歎；同樣是草，都市公園裏的「草皮」較之鄉下那「又高又密」的「枯草」，顯然不可同日而語。鄉下的草枯黃之際尚且「又高又密」，則茂盛之態可以想見，那豈是「細曲得像狗毛一樣」的「草皮」所堪倫比的。透過城鄉兩種草形成的不同意象，可以感知居住在城鄉不同環境之中的孩子，其生活視野、心態情感也是兩種不同的境況。

不難發現，「馬路」與「公園」作為鄉下所無、城市特有的設施，在意象思維上具有類比聯繫的特徵；而「公園」與「草皮」，在意象思維上具有附麗聯繫的特徵，「馬路」、「公園」、「草皮」三個意象相互系聯，構成了一幅都市孩子的生活環境形象。這樣的環境形象給人以荒涼冷寂之感，用作者的話說：「在都市裏生長的孩子是可憐的」。另一方面，文本著力渲染鄉下孩子「放野火」的樂趣，與都市孩子的落寞構成鮮明對比。「野外全是灰黃色的枯草」，這個「枯草」意象在與「狂風」、「白煙」、「紅火焰」、「潮水」、「波浪」等一連串意象的巧妙組合中，編織成為一幅有聲有色、活蹦活跳的動畫形象。「放野火」這一生動形象分兩個步驟完成組合。第一步，巧妙運用單音動詞「卷」、「叫」、「夾」、「舐」，同時借助擬人和明喻手法把「狂風」、「白煙」、「紅火焰」等意象組合為具有強大生命力的藝術形象。狂風卷，枯草叫，夾著白煙，紅火焰把大片枯草舐光，這是一幅多麼驚心動魄的畫面！第二步，獨出機杼地運用比喻手法把水、火兩個彼此對立的概念以藝術的奇想融為一體：烈焰就像潮水，火焰就是波浪。以動詞「湧」點出火頭非凡的氣勢，展示「放野火」的自由酣暢。

原載新華出版社，2007 年 3 月版《茅盾研究》第 10 輯。

文質天成　情摯意深
——評麗茜《我們三十歲了》

　　新華的文學創作，在駱明先生等一批有識之士的長期堅持與不懈努力下，成績斐然，有目共睹。老一代的作家不但開拓了新加坡華文文學創作的新天地，而且著意培養了不少青年才俊，使新加坡華文文學創作園地朝氣蓬勃，充滿生機。

　　麗茜就是其中一位很不容易卻又很引人矚目的後起之秀，她最近出版的文集《我們三十歲了》就擺在案前，翻閱著一段段文字，就像隨她踏上一級級人生的臺階。其中有歡笑，有憂傷；有實感，有遐思；有理性，有激情。正如白舒榮在該書序言中所說：「大千世界、各色人等、聞見感受，皆入文章。」〔註1〕在有限的篇幅中蘊涵如此豐富的信息，這對熟諳華文的資深作家固非易事，而「特別是在新加坡的環境裏，在一個多元種族的國家裏，在社會有更多選擇的環境裏，在讀書風氣沒有這麼旺的環境裏」，〔註2〕年輕的麗茜能克服種種困難，奉獻給讀者這樣一部如此率真，如此溫馨，如此深情的文集，不能說是一蹴而就的易事吧？何況她16歲就越洋求學，多年置身於與華文近於隔絕的異族語言環境中呢！

〔註1〕麗茜，《我們三十歲了》，新加坡文藝協會，2007年8月版，第3頁。
〔註2〕麗茜，《我們三十歲了》，新加坡文藝協會，2007年8月版，第62頁。

作者不是把自己關閉在象牙塔裏，第一部文集起步就面對大千世界紛繁複雜的生活，這預示著她未來的文學創作必然具有廣袤的發展前景，因為只有生活才會給作家提供寶貴的靈感和無窮的啟示。這部文集收入的 36 篇短文，全是真實事件、真實感受的坦露。內容真實是文章的靈魂，真實感人的作品才能征服讀者，俾益社會，因此，樸實率真是文集最顯著的特色，也是令人矚目的主要原因。具體說來，表現在以下四個方面：

一、風情各異的畫幅；二、洋溢真情的悠思；三、寓意遙深的灼見；四、淳樸生動的語言。

一、風情各異的畫幅

作者對生活有敏銳的感覺，在她筆下展現的生活場景多姿多彩，風情各異。每年的除夕，人們都會到韭菜芭城隍廟接財神，這是富有文化內涵的傳統民俗活動，其中人是活動的主體，作者首先把自己的家庭作為描繪的起點：

> 侄子、侄女都會很興奮地向各位長輩拜年，滿口的祝福，雙手
> 拿著橘子。然後，就是穿著新衣等待新年的來臨。〔註3〕

視角接著從家庭擴展到社會，用細膩的線條勾勒出一幅接財神的眾生圖：

> 韭菜芭城隍廟裏的人群仍然來勢洶湧，裏頭、陸續而來的都是
> 來接財神的善男信女，有老有少，有男有女。……有些站著，有些
> 坐著，手裏抱著一袋財神的金紙、手裏拿著三支香，……整個廟都
> 是煙霧；有些人的眼睛被薰得掉眼淚了，不舒服了，有些人又嘗試
> 帶著眼鏡把煙蓋住。〔註4〕

以「洶湧」寫人群，將人擬物，可以想見接財神的人數之多，擁擠之劇，既有強烈的動感，又顯宏大的氣勢。鏡頭逼近匯聚在廟裏的人群：年齡參差，性別不同，姿態各異，可謂於流水中挑水花，於宏大中見細微，接財神的人群形象被描繪得活靈活現。而且，還巧妙地利用人們的喊聲，渲染接財神的熱烈氣氛，揭示人們隱藏在心裏的共同願望：

> 大家也繞著廟宇走一圈；走到城隍爺面前，有些人便帶領著，
> 高喊著「發啊！發啊！」帶動了廟裏的人們，隨後，廟宇便傳出幾

〔註3〕麗茜，《我們三十歲了》，新加坡文藝協會，2007 年 8 月版，第 136 頁。
〔註4〕麗茜，《我們三十歲了》，新加坡文藝協會，2007 年 8 月版，第 136 頁。

聲「發啊！發啊！」，非常熱鬧。〔註5〕

　　由近及遠，從家庭到社會；由表及裏，從姿態到心願；由粗及細，從整體到局部，從行動到聲音。在多維視角的觀照下，人們接財神的場景在作者筆下栩栩如生地展現出來，讓人體察到新加坡華人風俗的特點，感受到中華傳統文化的凝聚力。

　　民俗是古老文化的延續，不同地域不同民族其文化亦各具風貌。在中國新疆的戈壁灘上，有一種獨特的文化景觀，作者寥寥幾筆，便抓住了讀者的好奇心：

　　　　每個地方都有自己的故事，很值得一看。但在我腦海中留下最深
　　刻印象的是那些在綠洲外圍的戈壁灘上，順坡而下，錯落有序的一
　　堆一堆圓土包：那就是坎兒井。圓土包則是坎兒井的豎立口。〔註6〕

　　可不要小看這一堆一堆的圓土包，如果沒有它們，火洲就不會變為綠洲，人們也嘗不到甜美的葡萄。作者把坎兒井比做「人體血脈」和「生命之泉」，揭示了「圓土包」對當地人民的重要價值，給荒涼的戈壁塗上濃重的生命色彩，並進一步抒發了對當地人民的人文關懷與生存思考：

　　　　我不知道是誰發明了坎兒井，但這些人一定很堅定，聰明，雖
　　然處在一個炎熱，風沙的環境，卻會盡自己所能來扭轉環境，改變
　　環境，讓自己過得更好。每個處境者都有它的好與不好。如果碰到
　　不好的環境，我們應該向坎兒井的發源人學習，不要怨天怨地，要
　　認識環境的長處、缺陷，以作改善。〔註7〕

　　這樣的畫外之音，使得毫不起眼的圓土包不但作為吐魯番的獨特景觀引人矚目，而且成為地域文化的象徵。

　　同樣是反映交通狀況的畫面，同樣是把交通工具作為描寫的對象，但重點不同，手法各異：

　　　　乘車到酒店的路上，發現一種很特別的車。那似個小卡車，整架
　　車身都沒有經過華麗的油漆的化身，只有好多七彩顏色的黏紙似的貼
　　在身上。一問之下，這也是一種公共交通工具，叫「Jeepnee」，也似

〔註5〕麗茜，《我們三十歲了》，新加坡文藝協會，2007年8月版，第137頁。
〔註6〕麗茜，《我們三十歲了》，新加坡文藝協會，2007年8月版，第29頁。
〔註7〕麗茜，《我們三十歲了》，新加坡文藝協會，2007年8月版，第30頁。

公共巴士，只不過它是私人經營的。但價格廉宜，只需 4 個比索。再
問之下，原來這些卡車是以前世界大戰時用來打戰的車。〔註8〕

　　有些摩托車載著 3 個人，一個家庭——爸爸、媽媽和孩子、有
些摩托車載著幾尺高的貨物、有些摩托車載著幾尺橫擺著的貨物；
摩托車成為了這群人民的交通工具，也是他們的貨運車。說也奇怪，
雖然摩托車很多，卻沒有堵車的現象，交通非常順暢，但感覺卻好
像是沒有終止的摩托車輛；馬路上，各個角落，都有川流不息的摩
托車，沒有安寧的時刻，沒有稍靜的時候。〔註9〕

　　第一段文字從卡車奇特的外觀著筆，引起探詢的動因。接著以「一問之
下」、「再問之下」逐步加深對 Jeepnee 的印象，由表及裏，不僅把交通工具的
來龍去脈交待得一清二楚，而且從「打戰的車」這個獨特視角直刺馬尼拉的
交通隱患，從一個側面反映了菲律賓人的行為方式。第二段文字從越南胡志
明市摩托車的承載特徵著眼：人與物俱載。載人的，不是一車一人；載物的，
不是正常規範。首先連用三個「有些」凸顯非同尋常的驚險畫面，其次以「川
流不息」比喻交通的順暢。違反常規的承載特徵與通暢無阻的交通狀況看來
不合邏輯，這就很自然地留下懸念：是不是駕車者都有很好的駕駛技術呢？
第一段文字根據表象發出追問，揭示馬尼拉人的行為方式；第二段文字則只
是將驚險畫面與通暢無阻的交通狀況真實地描繪出來，引人思考。由於這兩
段文字的切入點與描寫技巧的差異，同樣是反映交通狀況而不同國家不同城
市風貌各異，閱讀的感受自然不同。

二、洋溢真情的悠思

　　判斷一個文本是否具有文學性的根本標準，是能否以真情感動人。文集裏
有不少篇章言辭樸實，看似平常，讀來卻形象鮮活，回味悠長，根本原因就在
於充滿真情。作者回憶童年時的舊居林大頭路，恬淡優雅，娓娓道來，沁人心
脾：

　　記得那時常跑到廢墟中、空地中、草叢中捉草蜢、蝴蝶、尋找
珍貴、可以收集的物品。當時年幼的我把這塊荒地當成是漫畫裏、

〔註8〕麗茜，《我們三十歲了》，新加坡文藝協會，2007 年 8 月版，第 26 頁。
〔註9〕麗茜，《我們三十歲了》，新加坡文藝協會，2007 年 8 月版，第 23 頁。

探險小說裏的刺激、尋寶的地方。也記得，小時候，我們常鬧著玩，
常大聲地念著一首童謠：

　　大頭，大頭，下雨不愁

　　人有雨傘，我有大頭

　　朋友們到我家來，總會要取笑一番，取笑我是否有個大頭，所
以住在林大頭路。我會笑著念這首童謠給他們聽，再引來另一輪的
笑聲。〔註10〕

　　看到這段文字，令人想起臺灣歌曲《童年》，兩者都是從兒童最有興趣的
熱點入手揭示內心的渴望，如蝴蝶、漫畫、探險、尋寶。這些熱點是思想的翅
膀，猶如打開回憶的閘門，讓讀者的思緒海闊天空自由地飛翔。但這些熱點
只不過是一個引子，作者承接上段開頭的「記得」，用「也記得」巧妙地導入
一首童謠，把漫無邊際的幻想一下子拉向著意追尋的目標——林大頭路。不
是按成人的理性思維方式，而是完全用兒童天真的想像，讓讀者如臨其境，
如聞其聲，一起開懷暢笑。住在林大頭路就會有個大頭的推論，明知是站不
住腳的笑話，作者不但不加批駁，反而「笑著念這首童謠給他們聽」，童謠把
「大頭」與「雨傘」相比擬，誇張到近於荒誕的程度，必然「再引來另一輪的
笑聲」，這笑聲，把兒童毫無顧忌、快樂天真的個性逼真地表現出來，令人難
以忘懷。

　　在這本不算厚的文集裏，承載了太多的感情，不只是有毫無顧忌、快樂天
真的笑聲，更蘊涵有悠遠的懷念和深沉的愛。1991 年 1 月 22 日寫於美國的《是
冬天了，我說》這篇文章，是作者獻給父親的一瓣心香，其思路的清晰，結構
的跌宕，文句的冷靜，感情的深沉，都散發著動人心魄的魅力，猶如冰層下熾
熱奔騰的岩漿，語辭冷靜而飽含深情，顯示出一種頗有個性的沉靜美。

　　冬天，是寒冷的季節，「寒風不停地吹，像是想要把地球上的一切吹掉」；
冬天，是純潔的季節，「雪花，真的是乾淨的，潔白的，無塵的，惹人喜愛的」；
冬天，「是個特別讓人思念的季節，讓人們覺得如果不跟家人在一起便會感到
心靈空虛的日子」。一個十幾歲的小孩，遠離父母，面對社會，猶如經受冬天
寒風的考驗；冬天寒冷，但有雪花，潔白的雪花，象徵人間的真情；在心靈空

〔註10〕麗茜，《我們三十歲了》，新加坡文藝協會，2007 年 8 月版，第 140 頁。

虛的日子裏，特別讓人思念的是父女之情。「寒風」、「潔白」、「思念」，這三個看似互不關涉的概念，用「冬天」作為構思引線不露痕跡地貫穿全文，這就使那些似乎與冬天無關的描寫父愛的特寫鏡頭，都因為作者在心靈的冬天，情不自禁地油然而出。心靈的冬天與自然界的冬天相互映照構成雙關，為內容的跳躍，結構的跌宕，提供了自由馳騁的空間。

冬天是引線，思念是翅膀，親情是靈魂。「剎那間」，思念的翅膀一下子飛到日復一日父親準備的早餐，「不論是下雨或晴天」；在孤寂的深夜，彷彿聽見父親「叫我早點睡覺的聲音」；在幾個星期沒有父親信件的時候，才知道彷徨恐慌、祈禱歎氣。

> 也許信只是一張薄薄的紙，寫上了一些關懷及支持。也許信只是幾張薄薄的紙，加上了一些時間及精神。所以有些人珍惜，有些人卻不以為然。然而，這對於我，卻是重要的，因為那是親人的話語。它溫暖了我的心，給了我力量。〔註11〕

這是發自肺腑的聲音，蘊涵著悠遠的懷念和對父親深沉的愛。「早餐」、「聲音」、「信」與冬天毫無關係，但在心靈的冬天，正是它們帶來溫暖和力量。這些與父親密切相關的文字片段，卻是最珍貴的精神財富，也是最富有真情、最感動人的回憶。

三、寓意遙深的灼見

通過司空見慣的微末小事的敘述，提出值得思考的問題；或從日常生活現象的描寫中發表真知灼見。有感而發，好似與讀者促膝談心，於中體現作者鮮明的思想，寄託寓意遙深的哲理，這是文集的一個藝術特色。

《一線之差》敘述在泰國魚翅餐館用晚餐的情景：

> 有位服務員在我們用餐時，時時在我們的桌旁徘徊看。我們只要喝一口茶，她便過來斟茶。我們只要吃完一道菜，她便即時把盤端走。突然之間，我們的空間好像被侵犯了，我們的談話也似乎沒有任何隱私，我們的吃相也完全被暴露了！〔註12〕

還有萊佛士酒店中餐館的一位服務生，整道晚餐都和客人聊天，作者由此

〔註11〕麗茜，《我們三十歲了》，新加坡文藝協會，2007年8月版，第71頁。
〔註12〕麗茜，《我們三十歲了》，新加坡文藝協會，2007年8月版，第113頁。

發問：「這些過於親切的服務員又代表什麼呢？是覺得干擾、煩惱、還是歡迎呢？」〔註13〕這只是問題的一個方面。另一方面，在新加坡，「有許多服務員的態度是自我消滅的舉動——他們對客戶愛理不理、大聲說話、沒禮貌、擺著一副臭臉、不耐煩等」。〔註14〕不要小看這種現象，「聽起來好笑，卻也可悲。服務，竟然成為一個讓人不回國的理由！」〔註15〕作者問道：

> 是因為我們的員工欠缺認識服務的重要性，還是如李敖所說的，我們新加坡人的種子是不好的種子；還是我們根本沒有製造這種環境、下意識呢？〔註16〕

服務的質量，在一定程度上體現了國民的素質水平與精神面貌。李敖的說法沒有科學依據，他那種蔑視新加坡人的態度，令人難以容忍。引用李敖的話無異於當頭棒喝，振聾發聵，讓人不能不正視，不能不反思服務業對國民經濟、國民素質的重要意義，進而喚醒國民的自覺意識，為改善現狀而共同努力。

吃東西，是每個人每天必做的事，是再普通不過的日常生活現象。《新加坡的小販中心》一文別具隻眼，以開菜單的方式顯示新加坡「吃」所具有的強大吸引力。小販中心的客人之多與食品的豐富多樣，令人歎為觀止。請看：

> 小販中心賣的有炒果條、炒蝦麵、炒蘿蔔糕、肉脞香菇麵、海南雞飯、魚片米粉、沙爹米粉、沙爹、魚圓麵、叉燒麵、燒肉麵、雲吞麵、蝦麵湯、肉骨茶、炒河粉、炒麵線、福建炒麵、釀豆腐、薄餅、牛肉麵、板麵、伊麵、幼麵、點心、蠔煎等等。印度餐、laksa（咖哩麵）、meegoreng（馬來麵）、meesiam（馬來米粉）、meesoto（馬來麵湯加雞）、咖哩雞、燒鴨飯、kueychap、rojak（不同的菜塊加魚祿）、各種粥類、西餐、印度rojak、nasilemak（馬來飯）、日本餐、韓國餐、泰國餐、種類非常多。〔註17〕

這份菜單開列的只不過是食物類的主要例子，還有品種多樣的各式早點以及甜品，簡直令人眼花繚亂，垂涎三尺。作者不厭其煩地羅列食品名稱，不無新加坡人的自豪感，但主要是通過介紹美食，表達攤主們的辛勞與服務精神：

〔註13〕麗茜，《我們三十歲了》，新加坡文藝協會，2007年8月版，第114頁。
〔註14〕麗茜，《我們三十歲了》，新加坡文藝協會，2007年8月版，第116頁。
〔註15〕麗茜，《我們三十歲了》，新加坡文藝協會，2007年8月版，第116頁。
〔註16〕麗茜，《我們三十歲了》，新加坡文藝協會，2007年8月版，第116～117頁。
〔註17〕麗茜，《我們三十歲了》，新加坡文藝協會，2007年8月版，第58頁。

他們的生活和工作是辛苦的。有些可能是為了打工、為了生活、
為了糊口飯吃；有些，我想，是為了夢想——他們的志願或許是要
把他們天生的廚藝給大眾分享。〔註18〕

從謀生的手段提升到人生的夢想，又為實現人生的夢想而發揚刻苦耐勞的
精神，不僅如此，作者還進一步以「吃」為紐帶，與國家的特色，民族的融合
聯繫起來，賦予「吃」嶄新的文化內涵：

的確，小販中心是新加坡的特色，別的國家是沒有類似小販中
心的概念。我們應該以它為榮。它包含了我們刻苦耐勞的精神、我
們好吃的精神、我們的4種種族的融洽與結合。〔註19〕

文集中不少通過日常生活現象的描寫以小喻大的文句，這樣的文句沉靜
警策，往往引發對人生哲理的思考。如下面一段文字就頗具耐人尋味的思想
深度：

Metro線縱橫市內各個角落，甚至也延伸到郊外地區。地鐵的進
口處有標誌「M」為 Metro 及路線圖。……說真的，Metro 並不難
搭。雖然路線有15條，但只要認清要去的站，再認清這站的終點，
隨著那條線走，準沒錯。就是這麼簡單的道理，也能用在生活上：
認清終點，向著目標，不論路途多遙遠、困難、曲折，有了目標，
就能盡心盡力勇往直前。〔註20〕

四、淳樸生動的語言

樸實率真是文集最顯著的特色，這個特色首先取決於內容的真實，其次表
現在語言的淳樸。林大頭路的童謠天然本色，樸實詼諧，《我的巴黎心情》這段
話同樣坦率直白，毫不矯飾：「內心天天嚮往的巴黎似乎不如想像般浪漫美麗。
但是我還是保持我的觀點，畢竟這只是機場內的小小的印象，不應該一竹竿打
翻一船人啊！」〔註21〕說的老實話，用的本色語，內容與語言都散發著淳樸率
真的氣息。再看看《我最親愛的媽媽》這兩段話：

〔註18〕麗茜，《我們三十歲了》，新加坡文藝協會，2007 年 8 月版，第 61 頁。
〔註19〕麗茜，《我們三十歲了》，新加坡文藝協會，2007 年 8 月版，第 61 頁。
〔註20〕麗茜，《我們三十歲了》，新加坡文藝協會，2007 年 8 月版，第 10 頁。
〔註21〕麗茜，《我們三十歲了》，新加坡文藝協會，2007 年 8 月版，第 9 頁。

有一次，我們在一塊兒吃飯，我照常稱呼爸爸媽媽吃飯：「爸爸吃，媽媽吃。」媽媽竟然接著說：「咖哩魚頭吃！」然後我和爸爸一臉的莫名其妙，爸爸還說：「你竟然這麼尊重咖哩魚頭，還叫它吃飯！」〔註22〕

但她不愛旅遊，也不太愛到香港找哥哥、姐姐。她總是開玩笑似地說：「金窩，銀窩，不如自己的狗窩！」〔註23〕

民間諺語隨手拈來，甚至不合語法的口語也不加校正，這並非作者粗疏，而是只有這樣才能原汁原味地表現媽媽的氣質風貌，讓一位慈祥愛家的媽媽活生生地呈現在讀者眼前。

語言淳樸並不意味著疏於錘鍊，草率粗糙。文集不乏意趣橫生、令人神往之作，這正是得力於語言的生動優雅。不妨讀讀《窗外》這兩段文字：

每每把頭伸出窗口時，美麗的早晨便會向我招手，為我灑下最美好的祝福。草叢內的小蟲，唧唧地奏起天然的音樂，池塘邊的青蛙，鼓著大腹，也不停地高歌，匯合成一支支交響樂曲，非常悅耳動聽。

在那清風徐吹的夜晚，可愛的螢火蟲兒便提著小燈籠在草叢內尋找伴侶。椰樹在月光的照耀下，顯得更加瀟灑，晚風徐吹，椰影婆娑，翩翩起舞，宛如玉樹臨風，搖搖欲墜。〔註24〕

作者採用擬人的手法，賦予窗外所見的「早晨」、「小蟲」、「青蛙」、「清風」、「螢火蟲兒」、「椰樹」人的屬性與行為，把窗外的自然世界變成了風光旖旎、富有人情味的桃花源。在那裡，早晨會招手、祝福，小蟲會奏音樂，青蛙會高歌，清風徐吹，螢火蟲兒提著小燈籠尋找伴侶，椰影婆娑，翩翩起舞，大自然的景物被作者編織成這樣優美的意境，令人心向神往，恍若置身其中。

輕歌曼舞式的語言讓人愉悅，沉靜凝重的語言則令人深思，如《我的巴黎心情》這段話：

我特地在傍晚時分趕到鐵塔看日落，卻沒趕上夕陽下墜特有的美景。孤獨的鐵塔在暮色中站立成更巨大的孤獨。我逗留了一會兒

〔註22〕麗茜，《我們三十歲了》，新加坡文藝協會，2007 年 8 月版，第 75 頁。
〔註23〕麗茜，《我們三十歲了》，新加坡文藝協會，2007 年 8 月版，第 77～78 頁。
〔註24〕麗茜，《我們三十歲了》，新加坡文藝協會，2007 年 8 月版，第 129 頁。

就離開，到了對岸，從 Palais De Chaillot 宮回看鐵塔，整座鐵塔在
夜色中發射出璀璨的金黃色，啊！它換了另一張臉孔！〔註25〕

讀來有一種負重感，字面上描寫艾菲爾鐵塔的雄偉巨大，骨子裏卻抒發作者在彼地彼時的感觸。似乎有幾分遺憾──沒趕上夕陽下墜特有的美景，又有幾分驚喜──它換了另一張臉孔！無論遺憾還是驚喜，都掩蓋不了鐵塔的孤獨，孤獨在暮色中不斷放大，巨大的孤獨不僅因為作者遠離家鄉，隻身一人，而且連彼地彼時的感觸也無人可訴。鐵塔的孤獨，毋寧說就是心靈的落寞，但在對岸望鐵塔，卻是璀璨的金黃色，令人振奮，引人遐想：人生也如觀景，越過孤獨，就是輝煌。

如果作者能去掉那些對價格、對品種、對成本、對商機的理性分析，或者把這些理性分析轉變為形象的描寫，換句話說，即把生活的真實轉換為藝術的真實，那樣會大大增強文章的文學內涵與藝術感染力，因為歸根結蒂，文學的本質是以情動人而不是以理服人。當然，這是可以諒解的，不要忘了作者現任是在 eBay，從事銷售工作而談論價格應該是合乎情理的。

原載 2008 年 10 月版《新加坡文藝》。

〔註25〕麗茜，《我們三十歲了》，新加坡文藝協會，2007 年 8 月版，第 12～13 頁。

蘇雪林《鴿兒的通信》語言審美探析

摘　要

　　與通常從文藝學角度審視文學文本不一樣，本文是從文學文本的語言底層出發，探析言語文字符號構成的文學語言所映現的形象、意象，以及由此構成的意境所具有的美學內涵在語言學上的依據。

　　文本的語言審美探析側重在如下四個方面：

　　一、人物活動

　　二、動物擬人的活動

　　三、其他自然物擬人的活動

　　四、形象與場景的色彩

關鍵詞：《鴿兒的通信》；語言審美；探析

導　言

　　《鴿兒的通信》是蘇雪林早期的代表作，一般的賞析文章不少，然未見對文本的深層次分析。不少學者對這一作品的認識，還長期停留在文本的表層。一種代表性的看法是：「作品通過女主人公給丈夫的幾封信，表達了夫婦之間美滿的愛情生活。文中作者巧妙地把人的愛情和鴿子的愛情穿插起來描寫，

互相映襯，寫得極其細膩生動」。〔註1〕這種皮相之談並未觸及文本主題的核心，文本主題如果真要表現所謂「美滿的愛情生活」，那就無須采用通信的形式；正是因為情愫難於互達，才不得不借助通信來彌補。所謂「把人的愛情和鴿子的愛情穿插起來描寫」似是而非，鴿子只具有原始交配功能，絕不具備人的情感，更不會有什麼「愛情」，「鴿兒」不過是「人」的借代物。如果真有所謂「鴿子的愛情」，那也只是作者妙手塑造的動物人格化的愛情。文本中那樣多的動物、植物以及其他自然物象，大抵都被作者擬為人的化身，被賦予人的感情，進而寄寓了作者對人性，對人生，對家庭、對愛情的關懷。以眾多人化物象所享有的生活樂趣和愛情來與女主人公日日寫信盼信相互對比穿插，究竟表達的是對人性的呼喚，對理想愛情的渴望呢，還是顯示所謂「美滿的愛情生活」？因此，在《綠天》發表八十多年後的今天，對蘇雪林早期的這一作品需要重新認識，重新考量，以深入發掘文本深層的深刻主題與美學內涵。

本文的探析以本體論（Ontology）為基本理論框架。Ontology（本體論）一詞是由 17 世紀的德國經院學者郭克蘭紐（Goclenius，1547～1628）首先使用的。古希臘哲學家所謂的「本體」是一個哲學概念，現代西方學者從「本體」的哲學含義出發構建了名目繁多的理論體系。然而，到目前為止，對於本體論，還沒有統一的定義和固定的應用領域。斯坦福大學的 Gruber 給出的定義得到了許多同行的認可，即本體論是對概念化的精確描述（Gruber，1995），本體論用於描述事物的本質。本體論是概念化的詳細說明，一個 Ontology 往往就是一個正式的詞彙表，其核心作用就在於定義某一領域或領域內的專業詞彙以及他們之間的關係。這一系列的基本概念如同一座大廈的基石，為交流各方提供了一個統一的認識。

與通常從文藝學角度審視文學文本不一樣，本文的研究方法是從文學文本的語言底層出發，探析言語文字符號構成的文學語言所映現的形象、意象，以及由此形成的意境所具有的美學內涵在語言學上的依據。

從詞彙運用的角度考量，文本的語言審美探析側重在如下四個方面：

〔註1〕尤敏、屈毓秀編，《中國女作家小說選》，南京：江蘇人民出版社，1981 年，第 78 頁。

一、人物活動

（一）八月三日碧衿的信裏有一段「你」與「我」關於「巢」的對話

　　你在家時曾將白鵬當了你的象徵，把小喬比做我，因為白鵬是只很大的白鴿，而小喬卻是帶著粉紅色的一隻小鴿，他們的身量，這樣的大小懸殊，配成一對，這是有些奇怪的，我還記得當你發現他們匹配成功時，曾異常欣喜的跑來對我說：

　　——鴿兒也學起主人來了；一個大的和一個小的結了婚！

　　從此許多鴿兒之中，這一對特別為我們注意，後來白鵬和小喬孵了一對小鴿，

　　你便常常向我討小鴿兒。

　　——要小鴿兒，先去預備了巢來，我說。白鵬替他妻子銜了許多細樹枝和草，才有小鴿兒出現呢。

　　——是的，我一定替你預備一個精美適意的巢，你欣然的拉著我的手兒說。就在我的手背上輕輕的親了一下。〔註2〕

　　這段對話採用以鴿擬人的手法表達對家庭的關懷。其中以下關鍵的詞和短語潛伏著深層意蘊和對應關係：

　　1. 白鵬（大白鴿）、一個大的——你（文本中的「靈崖」）；

　　2. 小喬（粉紅色小鴿）、一個小的、妻子——我（文本中的「碧衿」）；

　　3. 他們（大白鴿與粉紅色小鴿）——我們（靈崖與碧衿）；

　　4. 鴿兒、這一對——主人（靈崖與碧衿）；

　　5. 匹配——結婚；

　　6. 一對小鴿、小鴿兒——借喻「兒女」；

　　7. 巢——借喻「家」；

　　8. 細樹枝和草——借喻「建設家庭的原料」；

　　文本表層是「我」和「你」關於鴿兒生活情況的討論，但從左列語詞的象徵義或比喻義及其與右列詞語的對應關係考察，對話的深層意蘊是男女主人公對建設新家的憧憬。按照主人的生活模式，「鴿兒也學起主人來了；一個大的和一個小的結了婚」；按照鴿兒的生活模式，「白鵬和小喬孵了一對小鴿」，

〔註2〕尤敏、屈毓秀編，《中國女作家小說選》，南京：江蘇人民出版社，1981年，第81頁。

主人也應該有一對兒女。但是，主人並沒有兒女，原因是鴿兒有一個巢，主人卻沒有自己的家。這就透露了文本的家庭理念：鴿兒的家庭模式既然是「巢＋白鷗和小喬＋小鴿兒」，主人的家庭模式就應當是「『適當的居處』＋男女主人＋兒女」。這種理念與現實境況適成反比，因為現實是「我們到今還沒有一個適當的居處」，遑論兒女。理念與現實的矛盾顯示了生活的欠缺，但正是這種欠缺轉化為建設美滿家庭的動力。聽聽男主人公靈崖的聲音：「是的，我一定替你預備一個精美適意的巢」。由於有這發自肺腑的心聲，白鷗築巢的忙碌及它與粉紅色小鴿孵出一對小鴿的情景，就不再是文本表層使女主人公相形見絀的難堪的對比，而是出於匠心在深層意蘊中潛伏的男女主人公將來也一定會有一個適意的家和可愛兒女的暗示。這就使得所有關於白鷗與粉紅色小鴿的情景描寫，都罩上了人性的光輝，散發著融洽互愛的溫馨，表現出丈夫與妻子在共同目標的激勵下那種家庭生活的和諧之美。

上述關鍵語詞 21 個，人稱代詞 4 個，名詞和名詞性短語 17 個。可見這段文字主要通過人稱與物稱語詞的組合對照，塑造出不同的鴿子形象與深層的人物意象相互對應，進而構成溫情脈脈的家庭意境。

（二）八月五日「我」與湯先生夫婦的交談

我們先談天氣，譬如去年很熱，今年卻涼等一類的話，又談園藝，你知道的湯先生是一位園藝家。他一天到晚一把鋤在園裏，我們只看見他所分的地裏，菜蔬一畦一畦的綠，花兒一時一時的紅。

後來談到他們的結婚，湯先生說前天是他們結婚週年紀念日，去年比今天還早兩個星期，正是湯夫人由英國到上海的時候。

湯先生說到這裡，一隻手不知不覺的搭上夫人的肩。眼望著我慢慢的說；林白太尉由新大陸駕著飛機度過幾萬里海洋，降落在巴黎。

她，——一面回頭望他夫人一眼——由美國飛到中華降落在 Married State 上。

湯先生雋妙的詞令，不禁使我微笑；「自然，愛情的翅膀，比什麼飛機的力量都強。」於是大家都笑了。〔註3〕

〔註3〕尤敏、屈毓秀編，《中國女作家小說選》，南京：江蘇人民出版社，1981 年，第 85 頁。

由於丈夫北去，孤寂之感悄然襲來，溫馨的家庭生活成為回憶，這段「我」與湯先生夫婦看似為消除寂寞的交談其實表達了對愛情的關懷。雙方交談的內容按如下左列短語設定的時間程序進行：

1. 先談天氣：熱、涼；

2. 又談園藝：一天到晚、只看見、菜蔬、綠、花兒、紅；

3. 後來談到：結婚、週年紀念日、由英國到上海；

4. 說到這裡：搭上、回頭望、由美國飛到中華；

5. 使我微笑：愛情的翅膀、飛機的力量。

冒號右列的詞和短語，在文本主題導引下，隱蔽在表層語義之下的深層意蘊可作如是解：

1. 見面寒暄是通常的禮節，天氣涼熱作為引起愛情話題的前奏，看似與愛情無關其實大有深意。庸俗的愛情如天氣冷熱變幻無常，而高尚的愛情則能經受寒暑考驗，不以境遇好惡而改變。先談天氣之熱涼是為湯先生伉儷情篤作反面襯墊。

2. 園藝家湯先生一天到晚都在園子裏工作，我們只看見他的工作成績：菜綠花紅，卻不見湯夫人的影子。表層語義雖然是彰顯湯先生的敬業精神，深層意蘊卻暗示湯夫人對湯先生的摯愛，欣賞她全力支持湯先生的工作。所謂「我們只看見」，言外之意是尚有「我們未看見」，潛臺詞是沒有湯夫人管理家務、照料生活，湯先生焉能一天到晚都在園子裏工作？「菜蔬一畦一畦的綠，花兒一時一時的紅」，既是對湯先生的贊許，更是對湯夫人為了愛而默默奉獻的稱頌。

3. 正是由於湯夫人對湯先生園藝工作的默契與支持，自然追溯「到他們的結婚」。湯夫人一年前橫絕歐亞大陸，「由英國到上海」與湯先生結為連理，適逢「前天是他們結婚週年紀念日」，蘊涵了湯夫人不受空間條件制約的愛情和湯先生對愛情的珍惜。

4. 接連以「一隻手不知不覺的搭上夫人的肩」和「回頭望他夫人一眼」這兩個動作細節，自然表露湯先生對夫人的愛戀。進而以「由美國飛到中華」再次強化超越空間限制的伉儷深情。

5. 與其說是「湯先生雋妙的詞令，不禁使我微笑」，毋寧理解為湯先生伉儷情深感染了「我」，讓我妙悟「愛情的翅膀」勝過「飛機的力量」這一真諦。

文本關鍵語詞 16 個，其中形容詞 4 個，動態語詞 7 個，名詞和名詞性短語 5 個。這段文字主要通過動態描寫，塑造了湯先生伉儷的幸福形象，正面強化了愛情對家庭生活的重要意義，表現了幸福家庭生活的和諧之美。

（三）八月九日關於北京的思念

> 在我的記憶裏，巍峨的凱旋坊的影子，沒有掩沒了莊嚴蒼古的大前門。想起雙闕插雲的巴黎聖母寺，便立刻想到天壇。呵！那渾圓天體的象徵，給我的印象真是深刻；它，屹立在茫茫曠野裏，背後襯托的只是一片單色的蔚藍天——連白雲都沒有一朵——寂寥，靜穆，到那裡引不起你的愉快或悲哀，只教你茫然自失的感覺自己的渺小。到那裡想不起種種的人生問題，只教你驚奇著宇宙永久之謎。有時候和人談起魯渥兒博物院，我每每要問一句：「朋友，你到過北京沒有？文華和武英兩殿的寶藏真富——。」楓丹白露和威爾塞的離宮真壯麗呵，但同時那淹在金色夕陽中紅牆黃瓦的故宮，也湧到我的心頭。〔註4〕

這段文字舉出中外著名的文化古蹟相對比，表達對人類文明的關懷。不同的文化具有各自獨特的價值，下面所列詞語分別代表兩種文化，表徵兩種特色：

1. 凱旋坊：巍峨——大前門：莊嚴、蒼古
2. 巴黎聖母寺：雙闕插雲——天壇：渾圓、深刻、寂寥、靜穆、茫然自失、驚奇
3. 魯渥兒博物院——文華和武英兩殿：寶藏真富
4. 楓丹白露和威爾塞的離宮：壯麗——故宮：紅牆黃瓦

對西方文化古蹟的描述，文本僅出現兩個形容詞「巍峨」、「壯麗」和一個主謂短語「雙闕插雲」，這是從外觀作出的評價，以表現建築形象的崇高美。而對中國文化古蹟，外觀評價運用了「蒼古」、「渾圓」兩個形容詞和「紅牆黃瓦」一個聯合短語，以表現建築形制、色彩的和諧美。「蒼古」指中國建築的獨特形制與大前門的年代久遠融為一體；「渾圓」指「天圓地方」的傳統哲學理念與建築形制融為一體；「紅牆黃瓦」指傳統文化理念與色彩搭配融為一體。

〔註4〕尤敏、屈毓秀編，《中國女作家小說選》，南京：江蘇人民出版社，1981 年，第 87、88 頁。

在中國文化傳統中，紅色是吉祥色，黃色是高貴色，搭配在一起象徵高貴吉祥。但是，更多的語詞在更深的層次上揭示了中國文化古蹟對人心靈的啟迪與震撼，文本描述大前門的「莊嚴」和天壇的「靜穆」，與其說表達的是中國古代建築的文化形態，毋寧說揭示的是中國人對傳統文明的尊重與景仰心態。所謂「深刻」、「寂寥」、「茫然自失」、「驚奇」，嚴格說來都是中國古代文明所產生的文化作用力在人心靈上的映現，是中國文化在人的意識深層產生的思辯美。

21 個關鍵語詞中名詞和名詞性短語 9 個，形容詞 8 個，描寫性主謂短語 2 個，描寫性動詞和動詞性短語 2 個。整段文字以描寫性語詞為主要建築材料塑造了歐洲與中國各自具有代表性特徵的文化藝術形象，從而構成了濃重深邃的文化氛圍與意境。

（四）八月十日對夢境的描述

恍惚間我和你同在一條石路上走著，夾路都是青蔥的樹，彷彿楓丹白露離宮的馳道，然而比較荒涼，因為石路上不甚整齊，縫裏迸出亂草，時常礙著我們的腳。

路盡處，看見一片荒基，立著幾根斷折了的大理石柱。斑斑點點，繡滿了青苔，黝黝然顯出蒼古的顏色。圓柱外都是一叢叢的白楊，都有十幾丈高，我們抬頭看去，樹梢直蘸到如水的碧天。楊樹外還是層層疊疊的樹，樹幹稀處，隱約露出淡藍的碎光，——樹外的天。

沒有蟬聲，沒有鳥聲，連潺潺流水的聲音，都聽不見，這地方幽靜極了，然而白楊在寂靜的空氣裏，蕭蕭寥寥響出無邊無際的秋聲。

荒垣斷瓦裏，開著一點點淒豔可憐的野花。

同坐在一片雲母石斷階上，四面望去，了無人蹤——只有浸在空翠中間的你和我。〔註5〕

夢境著力描述的景物與特徵：

1. 石路：荒涼、亂草
2. 石柱：斷折、斑斑點點、青苔、蒼古

〔註5〕尤敏、屈毓秀編，《中國女作家小說選》，南京：江蘇人民出版社，1981 年，第 89 頁。

3. 碧天：如水、淡藍、碎光

4. 白楊：一叢叢、蕭蕭寥寥、秋聲

5. 野花：一點點、淒豔、可憐

石頭給人的感覺是又冷又硬，而文本描述的石路零亂荒涼，石柱也斑駁斷折，一派淒涼冷落景象。碧天如水，水給人的感覺是又冷又不可捉摸，而且這碧天還被層層疊疊的樹遮蔽，只「隱約露出淡藍的碎光」。藍色是冷色調，「淡藍的碎光」給如水的碧天更平添寒冷。石路、石柱、碧天組成毫無生機、冰冷死寂的夢境，白楊和野花在向死寂的夢境挑戰：白楊「樹梢直蘸到如水的碧天」；野花在「荒垣斷瓦裏」倔強開放，努力展示生命的渴望。然而，「在寂靜的空氣裏」，白楊只是「蕭瀟寥寥響出無邊無際的秋聲」，好像在哀歎生命冬天即將來臨；野花那樣「淒豔可憐」，只「開著一點點」，預示著衰敗凋零的宿命。一片冰冷死寂的夢境雖然有頑強的生命在挑戰，但挑戰的結局令人迷茫。

文本以 10 個關鍵的形容詞為主，4 個名詞和 1 個動詞為輔，著力塑造「石路」等 5 個關鍵名詞表現的冷寞形象，既表現了虛擬夢境的淒冷美，更通過夢境的淒冷反襯對生命的執著關懷。

對生命的執著關懷在潛意識裏萌動，「圓柱和荒基都不見了」，「一排排的大樹」化作「一片綠茫茫的大海」：

> 這時候，我們坐著的不是石階，卻躺在波面上了，我們浮拍著，隨著波濤上下，渾如一對野鳧，我們的笑聲，掩過了浪花的笑聲。
>
> 海裏還有飛魚呢，驀然從浪裏飛了起來，燕兒似的掠過水面丈許，又鑽入波心，在虹光海氣裏，只看見閃閃的銀鱗耀眼。〔註6〕

不用藍色而用綠色來形容大海，因為綠色是生命的象徵。不用江河而用大海來容納生命，因為大海廣闊無垠。「綠茫茫的大海」象徵生命不息。名詞「笑聲」、「野鳧」、「飛魚」所表現的意象都是活躍的生命，還有 7 個關鍵性的動態語詞「浮拍」、「上下」、「掩過」、「飛了起來」、「掠過」、「鑽入」、「耀眼」，構成一幅生氣盎然的靈動畫面，展現了生命的茁壯鮮活，抒發了對生命的關懷熱愛。尤其是把「我們」比作「野鳧」，自由自在地「隨著波濤上下」，寄託

〔註6〕尤敏、屈毓秀編，《中國女作家小說選》，南京：江蘇人民出版社，1981 年，第 90 頁。

了作者自由曠達的人生觀；兩次重現的「笑聲」，更渲染出享受生活的快樂，散發出心靈與環境融為一體的樂天美。

奧地利精神分析學家弗洛伊德認為夢境是人類心理深層潛意識的表現，作者對自己做的夢如此評價：「昨晚涼臺上的夢，我便要將他比做一朵睡蓮——銀色月光浸著的池塘裏的一朵睡蓮——夜裏的清風，拍著翅兒，輕輕的飛過她的身邊，她便微微動搖著，放出陣陣清幽的香氣。」〔註7〕月光浸著的睡蓮的清冷與荒垣斷瓦裏野花的淒豔彼此映照，造成了濃鬱的淒冷意境。透過樂天的笑聲，縈懷不斷的依然是對人生的悵惘與憂思。

（五）八月十二日關於圖書館、祖國、借書的描述

我想起從前在郭霍諾波城的圖書館了。裏面參天的老樹，何止幾百株，高上去，高上去，鬱鬱蔥蔥的綠在半天裏。噴泉從古色斑爛的銅像裏迸射出來，射上一丈多高，又霏霏四散的落下。濃青淺紫中，終日織著萬道水晶簾，展開書卷，這身兒不知在什麼世界裏。——或者，就是理想中的仙宮罷。

他們那裡到處都有林子，天上夕陽雲影，人間鳥語花香，襯托了一派綠蔭，便覺分外明媚。

可憐中國還說是四千餘年的文明老國呢。孟子說：「所謂故國者，非謂喬木之謂也……」可見必有喬木，才稱得起故國。然而我們在這故國，所看見的只是一些荒涼蕪穢的平地，沒有光，沒有香，沒有和平，沒有愛……就因為有了樹——即說有幾株，不到成蔭時，便被人砍去用了，燒了，那裡還有什麼喬木？

我們所愛的祖國呵，你種種都教人煩悶，不必說了，而到處的童山，到處的荒原，更是煩悶中之煩悶。

……

在書店裏倒翻出我所需要的幾部書，但惜《四部叢刊》裏都有，買了太不上算，就向書賈商量借。我以為他定然不肯的，誰知他竟欣然的答應，居然讓我攜了四五部書回家，我開了個地址給他，約

〔註7〕尤敏、屈毓秀編，《中國女作家小說選》，南京：江蘇人民出版社，1981年，第88、89頁。

定下星期來取，他也答應了。

　　我覺得這個書賈，真風雅可人，遠勝於所謂讀書明理的士流，

那「借書一癡，還書一癡」的法律，不是士流定出來的麼？〔註8〕

　　第一、二自然段雖以圖書館為引子，卻並不以圖書為描述對象，而著眼於「老樹」。以樹為主體構築的「理想中的仙宮」結構元素與語詞特徵如下：

1. 老樹：參天、高、鬱鬱蔥蔥的綠、濃青、綠蔭
2. 噴泉：迸射、高、霏霏四散、水晶簾
3. 天上：夕陽雲影
4. 人間：鳥語花香

　　「圖書館」裏的「老樹」，象徵書卷蘊涵的古老文化；「參天」、「高」極言文化之偉大；「鬱鬱蔥蔥的綠」、「濃青」、「綠蔭」讚揚文化的強大生命力與美化心靈的作用。水是生命的源泉，也是知識的象徵，「噴泉」是對文化知識生命活力的歌頌，「迸射」、「高」暗喻文化知識的生命力之強勁，「霏霏四散」、「水晶簾」則展現文化陶冶的生命形象之壯麗。「濃青」與「水晶簾」編織成的世界，添上「夕陽雲影」與「鳥語花香」，就是文化與自然相互融合，足以豐富人心智，滌蕩人心靈的「理想中的仙宮」。這段描寫「仙宮」的文字表現了與天然古樸的桃花源不同的超脫美，揭開圖書館內景物描寫的表層意義，看到的是對文化、對人的心靈的深切關懷。

　　第三、四自然段接續上文「參天的老樹」借孟子語句引出「喬木」，且以「喬木」表徵祖國。一連用四個「沒有」，否定了「光」、「香」、「和平」、「愛」，進而以一個反詰句否定了「喬木」，亦即否定了「祖國」。然而這是對祖國前途滿懷深憂的反激，以這種反激表現了對「荒涼蕪穢的平地」、「童山」和「荒原」的「煩悶」，對「光」、「香」、「和平」、「愛」，以及對「喬木」的強烈渴望。一連用四個「沒有」與一連用三個「煩悶」，展現的是不同於正面抒發愛國情愫的憂思美。透過對祖國極端否定的文字表層，感受到的是愛之彌深責之彌切的憂國之情。

　　因圖書館的書少得可憐，只得求助於書賈。描寫書賈的關鍵詞是：「定然」、「欣然」和「居然」。「定然」是合乎常理；「欣然」是異乎常理；「居然」是超

〔註8〕尤敏、屈毓秀編，《中國女作家小說選》，南京：江蘇人民出版社，1981年，第92頁。

乎常理。這三個詞既簡練又傳神地鉤畫出書賈的精神境界，蘊涵著對人的心靈的關懷。「我」對書賈的評語是「真風雅可人，遠勝於所謂讀書明理的士流」，這看似對「士流」的貶抑，實則是對書賈精神——無私傳播文化的謳歌，這種謳歌閃耀著人情美的光輝。

文本的關鍵詞共 29 個，其中名詞和名詞性短語 16 個，形容詞 3 個，動詞和動詞性短語 7 個，副詞 3 個，以名詞和名詞性短語為主，塑造了古老而又有生命活力的文化意象。

二、動物擬人的活動

（一）八月二日對鴿，八月三日對蟬和松鼠的描述

1. 白　鵑

他張開有力的翅膀，從屋瓦上飛到地面來，用嘴啄了一根樹枝，試一試，似乎不合他的需要，隨即拋開了。又啄一枝，又不合適，最後在無花果樹根，尋到一根又細又長，看去像很柔軟的枝兒，這回他滿意了，銜著刷的飛起來到要轉彎的地方，停下來將樹枝鋪在巢裏。和站在籠頂上的小喬，——他的愛侶——很親熱的無聲的談了幾句話，又飛出去繼續他的工作。〔註9〕

2. 黑衣娘

玲瓏的黑衣娘小心謹慎的伏在那裡，見了人還能保持她安靜的態度，不過當我的手伸進巢去摸她的卵時，她似乎很有些著急，一雙箍在鮮紅肉圈裏的大眼，亮瑩瑩的對我望著，像在懇求我不要弄碎她的卵。〔註10〕

3. 灰　瓦

他到底是個男性，脾氣剛強，一看見我的頭伸到他的籠邊，便立刻顯出不耐煩的仇視的神氣。我的手還沒有伸到他的腹下，咕！他嗔叱了一聲，同時給我很重的一翅膀。〔註11〕

〔註9〕尤敏、屈毓秀編，《中國女作家小說選》，南京：江蘇人民出版社，1981 年，第 80 頁。
〔註10〕尤敏、屈毓秀編，《中國女作家小說選》，南京：江蘇人民出版社，1981 年，第 80 頁。
〔註11〕尤敏、屈毓秀編，《中國女作家小說選》，南京：江蘇人民出版社，1981 年，第 80 頁。

4. 蟬和松鼠

> 殘蟬抱著枝兒，唱著無力的戀歌，剛辛苦養過孩子的松鼠，有
> 了居家的經驗似的，正在采集過冬的食糧，時時無意間從樹枝頭打
> 下幾顆橡子。〔註12〕

以上四段文字寫的都是動物，表達的卻是對人性的關懷，因為鴿、蟬和松鼠都被或多或少賦予了人的行為或情態，由此塑造出動物不同的個性特徵。

1. 白　鵑

被賦予人的行為：試一試、拋開、鋪、談了幾句話、工作；

被賦予人的情態：滿意、親熱。

由行為與情態顯示出細緻、溫和的個性特徵。

2. 黑衣娘

被賦予人的性別：娘；

被賦予人的行為：望、懇求；

被賦予人的情態：小心謹慎、安靜、著急。

由性別、行為與情態顯示出嫻靜、溫和的個性特徵。

3. 灰　瓦

被賦予人的性別：男性；

被賦予人的行為：嗔叱；

被賦予人的情態：剛強、不耐煩、仇視。

由性別、行為與情態顯示出勇武、強悍的個性特徵。

4. 蟬

被賦予人的行為：抱、唱；

被賦予人的情態：戀歌。

由行為與情態顯示出執著的個性特徵。

5. 松　鼠

被賦予人的行為：養、居家；

被賦予人的情態：辛苦、無意。

〔註12〕尤敏、屈毓秀編，《中國女作家小說選》，南京：江蘇人民出版社，1981 年，第 81、
　　82 頁。

由行為與情態顯示出勤勉的個性特徵。

被人格化的白鵬、黑衣娘、灰瓦、松鼠都為了下一代而忙碌，但行為、情態不同，個性各異。蟬是一個值得同情的異類形象，它沒有家，更談不到下一代，但在新秋來臨之際仍唱著戀歌，執著而不免悲涼。幾種動物各具特色的人格化行為、情態，飽含濃鬱的人性關懷，展現了風韻不同的情趣美。

30 個關鍵詞中有 5 個名詞代表文本創造的人格化動物形象，以 16 個動詞和動詞性短語為主、加上 6 個形容詞和形容詞性短語、3 個名詞，著力描繪 5 個動物名詞代表的形象所具有的不同個性特徵。

（二）八月十三日對小公雞、大白公雞的描述

> 小公雞更茁壯，冠子雖沒有完全長出，但已能啼了，啼得還不很純熟，沒有那隻白公雞引吭長鳴的自然，然而已經招了它的妒嫉。每晨，聽見廊下小公雞號救聲甚急，我以為有誰來偷它們了，走出一看，卻是那大白公雞在追啄它未來的情敵呢。小公雞被它趕得滿園亂飛，一面逃，一面叫喊，嚇得實在可憐，並不想回頭抵抗一下——如果肯抵抗，那白公雞定然要坍臺，它是絲毛種，極斯文，不是年富力強的小公雞的對手。〔註13〕

運用下面右列語詞把小公雞和大白公雞人格化為兩種不同類型：

1. 小公雞

被賦予人的稱謂：情敵；

被賦予人的行為：號救、逃、叫喊、嚇、抵抗；

被賦予人的情態：急、可憐、年富力強。

由行為與情態顯示出膽怯、退讓的個性特徵。

2. 大白公雞

被賦予人的稱謂：對手；

被賦予人的行為：趕；

被賦予人的情態：妒嫉、坍臺、斯文。

由行為與情態顯示出心胸狹隘、霸道的個性特徵。

〔註13〕尤敏、屈毓秀編，《中國女作家小說選》，南京：江蘇人民出版社，1981 年，第 93 頁。

由「情敵」與「對手」這樣的人格化稱謂，凸出同類同性動物之間生存與發展的矛盾，以動物鬥爭影射人際關係，關注人性，維護人權：「只要這些小公雞一懂人事知道擁護自己的權利時，革命就要起來了——我祝這些小英雄勝利！」〔註14〕運用一群動詞描述大白公雞的霸道行徑以及小公雞的奔逃呼號，展現動物生活畫面的動態美。

15個關鍵詞中只有2個名詞代表文本創造的動物形象，其餘8個動詞和動詞性短語、4個形容詞和形容詞性短語、2個名詞，從稱謂、行為、情態三個方面賦予兩個動物形象以人格化的個性特徵。

三、其他自然物擬人的活動

（一）八月二日描述新月

> 昨晚我獨自坐在涼臺上，等候眉兒似的新月上來，但她卻老是藏在樹葉後，好像怕羞似的，不肯和人相見。有時從樹葉的縫裏，露出她的半邊臉兒，不一時又縮了回去。〔註15〕

文本用動詞「藏」、「縮」加上「怕羞」、「不肯和人相見」、「露出她的半邊臉兒」三個動詞性短語，抓住行為和情態兩方面的特徵，把「新月」塑造為一位欲隱還露、掩映生姿的女性形象，借新月展現年輕女性的羞澀美。

（二）八月三日描述溪水、紅葉、西風、石頭

> 我們攜著手走進林子，溪水漾著笑渦，似乎歡迎我們的雙影。這道溪流，本來溫柔得像少女般可愛，但不知何時流入深林，她的身體便被囚禁在重疊的濃翠中間。
>
> 早晨時她不能更向玫瑰色的朝陽微笑，夜深時不能和娟娟的月兒談心，她的明澈璧晶的眼波，漸漸變成憂鬱的深藍色，時時淒咽著幽傷的調子，她是如何的沉悶啊！在夏天的時候。
>
> 幾番秋雨之後，溪水漲了幾篙；早凋的梧楸，飛盡了翠葉；黃金色的曉霞，從杈枒樹隙裏，瀉入溪中；激盪的波面，便泛出彩虹似的光。

〔註14〕尤敏、屈毓秀編，《中國女作家小說選》，南京：江蘇人民出版社，1981年，第94頁。
〔註15〕尤敏、屈毓秀編，《中國女作家小說選》，南京：江蘇人民出版社，1981年，第79頁。

　　現在，水恢復從前的活潑和快樂了，一面疾忙的向前走著，一面還要和沿途遇見的落葉、枯枝……淘氣。

　　一張小小的紅葉兒，聽了狡獪的西風勸告，私下離開母枝出來玩玩，走到半路上，風偷偷兒的溜走了，他便一跤跌在溪水裏。

　　水是怎樣的開心啊，她將那可憐的失路的小紅葉兒，推推擠擠的推到一個漩渦裏，使他滴滴溜溜的打團轉兒，那葉兒向前不得，向後不能，急得幾乎哭出來，水笑嬉嬉的將手一鬆，他才一溜煙的逃走了。

　　水是這樣歡喜捉弄人的，但流到壩塘邊，她自己的魔難也來了。你記得麼？壩下邊不是有許多大石頭，阻住水的去路？

　　水初流到石邊時，還是不經意的涎著臉撒嬌撒癡的要求石頭放行，但石頭卻像沒有耳朵似的，板著冷靜的面孔，一點兒不理。於是水開始嬌嗔起來了，拚命向石頭衝突過去；衝突激烈時，淺碧的衣裳袒開了，露出雪白的胸臂，肺葉收放，呼吸極其急促，發出怒吼的聲音來，縷縷銀絲頭髮，四散飛起。

　　關關拍拍，溫柔的巴掌，盡打在石頭皺紋深陷的頰邊，——她真的怒了，不是兒嬉。

　　誰說石頭是始終頑固的呢？巴掌來得狠了，也不得不低頭躲避。於是水得安然度過難關了。

　　她雖然得勝了，然而弄得異常疲倦，曳了淺碧的衣裳去時，我們還聽見她斷續的喘息聲。

　　我們到樹林中來，總是要到這壩塘邊參觀水石的爭執，一坐總是一兩個鐘頭。〔註16〕

這段文字塑造的主要藝術形象與運用的詞語：

1. 溪　水

被賦予人的性別：少女；

被賦予人的形態：身體、眼波、雪白的胸臂、肺葉、縷縷銀絲頭髮、巴掌；

〔註16〕尤敏、屈毓秀編，《中國女作家小說選》，南京：江蘇人民出版社，1981年，第82～83頁。

被賦予人的行為：歡迎、談心、淒咽、疾忙、走、淘氣、推推擠擠、推到、將手一鬆、捉弄、涎著臉、撒嬌撒癡、要求、嬌嗔、拚命、衝突、祖開、收放、急促、打、度過、得勝、弄、疲倦、曳、去、喘息、爭執；

被賦予人的情態：笑渦、溫柔、可愛、微笑、憂鬱、幽傷、沉悶、活潑、快樂、開心、笑嬉嬉、歡喜、不經意、怒、兒嬉、狠、疲倦。

塑造了一位情感豐富、活潑淘氣、性格頑強的少女形象。

2. 紅　葉

被賦予人的行為：聽、離開、出來玩玩、走、跌、失路、打團轉兒、哭、逃走；

被賦予人的情態：可憐、急。

塑造了一位輕信、貪玩的小孩形象。

3. 西　風

被賦予人的行為：勸告、溜走；

被賦予人的情態：狡獪、偷偷兒。

塑造了一個心地陰暗的偽善者形象。

4. 石　頭

被賦予人的形態：面孔、皺紋深陷的頰邊；

被賦予人的行為：板著、不理、低頭躲避、爭執；

被賦予人的情態：像沒有耳朵似的、冷靜、頑固。

塑造了一位沉穩、冷靜又不乏機變的老人形象。

這四個藝術形象以溪水為主角，紅葉和石頭是為著表現溪水的淘氣與頑強的個性而設置的配角，而西風又是為引出紅葉而塑造的異類人性角色。

溪水不僅被賦予了人的表情「漾著笑渦」，而且還具有人的動作行為「歡迎」。「微笑」是少女樂觀的天性，一如溪水洄漩的笑渦；「談心」是少女開朗的胸襟，一如溪水潺潺地流淌。作者不但把少女的樂觀、開朗的個性特徵賦予「溪水」，而且還給她配上「明澈璧晶的眼波」，打扮得十分美麗動人。但是，由於「深林」對「溪水」的囚禁，給這位樂觀可愛的少女平添了沉悶和幽傷。通過把溪水當作少女來描述其神態、情緒的變化，展現了夏天林木蓊鬱遮天，溪水在重疊的濃翠之中幽咽潛流的沉靜之美。

「早凋的梧楸，飛盡了翠葉」，報導秋天來臨的訊息。溪水閃爍著彩虹似的光，恢復了「活潑和快樂」，「一面疾忙的向前走著，一面還要和沿途遇見的落葉、枯枝……淘氣」。她從深林的束縛下掙脫出來的活潑和快樂，洋溢著溪水奔流的靈動之美。

「紅葉兒」具有小孩的頑皮幼稚，它輕信了「西風」的「勸告」，「便一跤跌在溪水裏」。「私下離開」表現了「紅葉兒」不受管束，嚮往外部世界的心理特徵，而跌跤則是對它的冒失行為的教訓。「狡獪」、「偷偷兒的溜走」塑造了一個心地陰暗的偽善者形象。「開心」、「推推擠擠」、「笑嬉嬉」、「將手一鬆」，快樂淘氣的小姑娘形象呼之欲出。「急得幾乎哭出來」、「一溜煙的逃走」，寥寥數筆就鉤畫出一個窘迫失路的小孩形象。「溪水」與「西風」對「紅葉兒」的態度有本質的不同，前者是因為淘氣，後者是出於狡獪。作者以「狡獪」的「西風」為反襯，使「溪水」快樂淘氣的個性特徵更為鮮明突出。

如果說「紅葉兒」的鋪設是為了突出「溪水」淘氣的個性，那麼「石頭」形象的塑造，則是為了展現「溪水」個性頑強的一面。「石頭」被描繪為「像沒有耳朵似的」，石頭本就沒有耳朵，為什麼說它「像沒有耳朵」，這是因為作者把它當作人來描述。它對「溪水」的「撒嬌撒癡」置若罔聞，「板著冷靜的面孔，一點兒不理」。正是因為「石頭」的板硬頑固，「溪水」個性的頑強不屈，才發生了水與石的激烈衝突。「嬌嗔」、「拼命」等一連串表示「溪水」神態、動作的語詞迸跳而出，衝突首先顯示出「溪水」美妙的姿質：不說淺碧的水流撞在岩石上爆裂開來，而擬以「衣裳袒開」；不說碧流被石頭阻遏翻起白色浪濤，而擬以「雪白的胸臂」。其次揭示「溪水」頑強的個性：不說波起浪湧，水流湍急，而擬以「肺葉收放，呼吸極其急促」；不說水聲震耳，水花四濺，而擬以「發出怒吼」、「縷縷銀絲頭髮，四散飛起」。「怒吼」本是動物發怒的叫聲，「頭髮四散」則是人在憤怒時的表現，無論以「溪水」擬動物還是擬人，都生動地揭示了「溪水」性格的另一面——頑強不屈。活潑、快樂、淘氣，再加上頑強，構成了「溪水」多元的個性特徵，水石衝突使「溪水」形象與性格的刻畫達到極致。「溪水」雖然頑強但她畢竟是個小姑娘，請聽，「闢闢拍拍，溫柔的巴掌，盡打在石頭皺紋深陷的頰邊」；「石頭」也並非始終頑固，「巴掌來得狠了，也不得不低頭躲避」。「溪水」惱怒卻不失溫柔本性，「石頭」頑固也不乏人情味。水與石的搏鬥展示了溪水不怕困難，奮勇向前的嬌縱之美。

上段文本以 80 個關鍵語詞塑造了 4 個生動的藝術形象。為把「溪水」人格化就運用了 32 個動詞和動詞性短語、11 個形容詞和形容詞性短語（其中「疲倦」重複出現）、8 個名詞和名詞性短語，從行為、情態、形態三個方面成功地塑造了一位情感豐富、活潑淘氣、性格頑強的少女形象。作為與「溪水」相映成趣的輔助形象：以 9 個動詞和動詞性短語、2 個形容詞把「紅葉」塑造為輕信、貪玩的小孩形象；以 2 個動詞、2 個形容詞把「西風」塑造為心地陰暗的偽善者形象；以 4 個動詞和動詞性短語、3 個形容詞和形容詞性短語、2 個名詞和名詞性短語把「石頭」塑造為沉穩、冷靜又不乏機變的老人形象。

（三）八月四日描述園裏的植物

　　　　園裏的樹，垂著頭喘不過氣兒來。麝香花穿了粉霞色的衣裳，想約龍鬚牡丹跳舞，但見太陽光過於強烈，怕灼壞了嫩臉，逡巡的折回去了。紫羅蘭向來謙和下人，這時候更躲在綠葉底下，連香都不敢香。

　　　　憔悴的蜀葵，像老年愛俏的婦人似的，時常在枝頭努力開出幾朵暗淡的小花。這時候就嘲笑麝香花們；如何？你們嬌滴滴的怕日怕風，那裡比得我的老勁！

　　　　雞冠花忘了自己的粗陋，插嘴道：──至於我，連霜都不怕的。

　　　　……

　　　　雞冠受了這頓訓斥，羞得連蒂兒都紅了。〔註17〕

這段文字描繪植物的關鍵語詞如下：

1. 樹

被賦予人的情態：垂著頭、喘不過氣兒來；

2. 麝香花

被賦予人的氣質：嬌滴滴；

被賦予人的情態：粉霞色、嫩臉、逡巡。

3. 紫羅蘭

被賦予人的品德：謙和；

〔註17〕尤敏、屈毓秀編，《中國女作家小說選》，南京：江蘇人民出版社，1981 年，第 83、84 頁。

被賦予人的情態：躲、不敢香；

4. 蜀　葵

被賦予人的氣質：像老年愛俏的婦人；

被賦予人的情態：憔悴、努力、嘲笑、老勁。

5. 雞冠花

被賦予人的氣質：粗陋；

被賦予人的情態：連霜都不怕、羞。

在中午強烈的陽光下，園中的植物全都被人性化：樹木垂頭喪氣；嬌滴滴的麝香花怕灼壞了嫩臉，猶豫逡巡；謙和的紫羅蘭躲在綠葉底下，連香都不敢香；憔悴的蜀葵老勁愛俏，努力開出小花；粗陋的雞冠花被八哥訓斥，羞得連蒂兒都紅了；植物的人性化藝術手段表徵作者對人性的關懷，不同的植物被賦予獨有的氣質、品德、情態，表現了各具特色的情趣美。

文本 22 個關鍵語詞，其中名詞和名詞性短語 7 個，有 5 個名詞作為形象的表徵。主要由 8 個動詞和動詞性短語與 7 個形容詞從氣質和情態兩方面來塑造形象。

（四）八月六日描述榆影兒、太陽和花兒們

偷情自私的榆影，伸長他的肢體，將一片綠茵，據為臥榻，懶洋洋躺著，盡花兒們埋怨，只當耳邊風——不是的，他早沉沉兒的睡著了，什麼都不能驚動他的好夢。

可是，日午時，太陽駕著六龍的金車，行到天中間，強烈的光華，直向下射。榆影兒閉著眼，給強光刺著，也給逼醒了，好像畏慴似的，漸漸彎曲了他的長腰，頭折到腳，蜷伏做一團。

……

這位穿著光輝燦爛金縷衣的貴客，應酬極忙——池塘裏的白蓮花展開粉靨，等他來親吻，素雅的翠雀花凝住了淺藍色秋波，盈盈眺盼，山藨豆性急，爬上架兒，以為可以望得遠一點。葵花的忠心，更是可佩的；她知道自己比不上群花的嬌美輕盈，也不敢冀望太陽愛她，但她總是伸著長長的頸，守著太陽的蹤跡，太陽走到那裡，她的頭也轉到那裡。輕佻的花兒們和太陽親熱不上兩三天，又和風

兒跳舞去了，但在蕭條的秋光裏，還見葵花巍然的立著，永遠望著

太陽——但無論如何每天總要匆匆的到午時花家裏走一轉。〔註18〕

塑造的藝術形象與關鍵語詞：

1. 榆影兒

被賦予人的氣質：偷惰自私；

被賦予人的行為：伸長他的肢體、據為臥榻、躺著、睡著、閉著眼、逼醒、彎曲、頭折到腳、蜷伏；

被賦予人的情態：懶洋洋、沉沉兒、畏懾；

與花兒們的殷勤恰成對照，塑造了一個貪睡的懶惰者形象。

2. 太　陽

被賦予人的身份：貴客；

被賦予人的服飾用具：金縷衣、金車；

被賦予人的行為：駕著、行到、穿著、應酬、親吻、愛、走到、走一轉；

被賦予人的情態：極忙、匆匆；

塑造了一位受花兒們熱愛的、高貴而忙碌的多情者形象。

3. 白蓮花

被賦予人的形態：粉靨；

被賦予人的行為：展開、等；

充滿自信的情趣。

4. 翠雀花

被賦予人的氣質：素雅；

被賦予人的形態：秋波；

被賦予人的行為：眺盼；

被賦予人的情態：盈盈；

充滿期盼的情趣。

5. 山黧豆

被賦予人的行為：爬上、望；

〔註18〕尤敏、屈毓秀編，《中國女作家小說選》，南京：江蘇人民出版社，1981年，第86頁。

被賦予人的情態：性急；

充滿急迫的情趣。

6. 葵　花

被賦予人的身體：頸、頭

被賦予人的行為：冀望、伸著、守著、轉到、立著、望著；

被賦予人的情態：忠心、不敢、總是、巍然、永遠。

第 6 組以形態名詞、行為動詞、情態形容詞和副詞塑造了一位不算嬌美，但忠貞不渝的追隨者形象。與其他輕佻的花兒們恰成鮮明對照。

在這一群藝術形象之中，有三重對比映照：第一重是榆影兒的沉睡與花兒們的親熱對比。靜與動，懶惰與熱情，相互映照，表現出迥異的個性與人情趣味；第二重是花兒們的輕佻與葵花的忠心對比。白蓮花的粉臕，翠雀花的秋波，山鸒豆的性急，與葵花「永遠望著太陽」映照，短暫的愛情與恒久的忠貞，同樣顯示了不同的個性特徵與不同的愛情觀與價值觀，表現了不同的生活情趣；第三重是太陽的多情與葵花的專一對比。太陽面對眾多的花兒，只能匆匆「應酬」，而葵花卻是「伸著」、「守著」、「立著」、「望著」，哪怕是「在蕭條的秋光裏」，也恒久不變。從兩者對愛情采取的不同行為，映照出不同的情愛觀與個性特徵。

文本 55 個關鍵語詞。名詞 14 個，除了用 6 個名詞作為藝術形象的表徵而外，用於描繪形象的有 8 個名詞。以 30 個動詞和動詞性短語為主，加以 10 個形容詞和形容詞性短語及 1 個副詞，從身份、身體、氣質、形態、情態、行為、服飾用具等多方面塑造了具有不同個性特徵、不同愛情觀與價值觀的人性化自然物群像。

四、形象與場景的色彩

（一）形象刻畫

1. 八月三日對「樹葉」和「烏桕」形象的刻畫

　　樹葉由壯健的綠色變成深黃，像詩人一樣，在秋風裏聳著肩兒微吟，感慨自己蕭條的身世。但烏桕卻欣然換上了胭脂似的紅衫，

預備嫁給秋光。〔註19〕

這是一幅以紅、黃二色為主的暖色調風景畫。由於「變成」、「微吟」、「換上」、「嫁給」這幾個動詞的運用而賦予了「樹葉」和「烏桕」的人格，它們在秋風來臨之時境遇大不一樣，紅、黃二色同是取代冷色的暖色調，而「紅衫」報告喜慶，「深黃」卻表徵蕭條。文本賦予紅、黃二色的文化含義不同，在整體諧調的美感中熱烈的色彩卻蘊藏微妙意趣。

2. 八月三日對「溪水」形象的刻畫

衝突激烈時，淺碧的衣裳袒開了，露出雪白的胸臂，肺葉收放，呼吸極其急促，發出怒吼的聲音來，縷縷銀絲頭髮，四散飛起。〔註20〕

「淺碧」是溪水的常態，是一種淡淡的青綠色調，當她向石頭激烈衝擊時，袒開淺碧的衣裳，綻露雪白的浪花，水花如銀絲織就，變成純白的色調。青綠色和白色都是冷色調，文本賦予「淺碧」和「雪白」嬌嗔的情態，顯示出溪水頗具個性而又高雅脫俗的嬌冷美。

（二）場景描寫

1. 八月二日描寫夜景

雨過後，天空裏還堆積著一疊疊的濕雲，映著月光，深碧裏透出淡黃的顏色，這淡黃的光，又映著暗綠的樹影兒。加上一層濛濛薄霧，萬物的輪廓，像潤著了水似的，模糊暈了開來，眼前只見一片融和的光影。〔註21〕

碧、綠是冷色，黃是暖色，「深碧」和「暗綠」與「淡黃」比較，冷色占絕對優勢。黃色與綠色在光譜上是鄰近的色相，對比不明顯，因此黃、綠兩種色調適於和諧場景的描寫。天上深碧的濕雲與地上暗綠的樹影融合為清冷的世界，給萬物罩上一層碧裏透黃的融和的光影，「這樣清新的夜，靈幻的光」，文本賦予「一縷淒清渺窈的相思」，顯示出人的思緒與環境融為一體的清冷美。

〔註19〕尤敏、屈毓秀編，《中國女作家小說選》，南京：江蘇人民出版社，1981年，第82頁。

〔註20〕尤敏、屈毓秀編，《中國女作家小說選》，南京：江蘇人民出版社，1981年，第82～83頁。

〔註21〕尤敏、屈毓秀編，《中國女作家小說選》，南京：江蘇人民出版社，1981年，第79頁。

2. 八月十日描寫夢景

路盡處，看見一片荒基，立著幾根斷折了的大理石柱。斑斑點點，繡滿了青苔，黝黝然顯出蒼古的顏色。圓柱外都是一叢叢的白楊，都有十幾丈高，我們抬頭看去，樹梢直蘸到如水的碧天。楊樹外還是層層疊疊的樹，樹幹稀處，隱約露出淡藍的碎光，──樹外的天。〔註22〕

這段文字裏表示顏色的語詞有六個：「青苔」、「黝黝然」、「蒼古」、「白楊」、「碧天」、「淡藍」。其中「黝黝然」形容黑色，「蒼古」則形容年久深綠的顏色，「碧天」即「青天」，而「青」有黑、綠、藍三種意義，根據文本描述「樹外的天」「隱約露出淡藍的碎光」，可知「碧天」即「藍天」。這六個色彩詞代表的綠、藍、黑、白四種色相全是冷色調，構成荒涼冷落的夢境，顯示出郊外荒基的淒冷美。

限於篇幅，這裡未能把文本所有的形象刻畫與場景描寫逐一進行分析，但是對文本包含顏色的語詞加以窮盡性統計的結果，證明包含顏色語詞的運用與表現不同意境、不同審美情趣有直接關係。

全文包含顏色的語詞共有 88 個，在文本中總共出現 117 次（每個語詞後面的阿拉伯數字表示出現一次以上的頻率），全部語詞排列如下：

（1）單音節語詞 4 個：

黑、碧 2、綠 2、紅 2

（2）雙音節語詞 51 個：

暗淡、楓丹、灰瓦 6、激靛、烏桕、蒼古、蒼茫、粉靨、金車、銀鱗、銀絲、淺紫、翠葉、空翠、濃翠、天黑、淡藍、碧天、碧衫 11、碧血、深碧、淺碧 2、黃葉、蛋黃、淡黃 2、深黃、黃瓦、淡青、濃青、青草、青蔥、青島、青的、青苔、青玉 3、暗綠、綠色、綠葉、綠茵、綠蔭 2、白露、白鴿、白鵬 7、白楊 2、白影、白雲、雪白、紅牆、紅衫、紅心、鮮紅

（3）三音節語詞 23 個：

玫瑰色、山鯊豆、黝黝然、粉霞色、金縷衣、黃金色、淺紫色、紫羅蘭、翠

〔註22〕尤敏、屈毓秀編，《中國女作家小說選》，南京：江蘇人民出版社，1981 年，第 89 頁。

雀花、黑衣娘、大黑鴿 4、深藍色、淺藍色、蔚藍天、綠茫茫、綠樹叢、綠衣人、白公雞 2、白蓮花、粉紅衫、粉紅色、紅炎炎、紅葉兒

（4）四音節短語 10 個：

彩虹似的、古色斑斕、紅黃紫白、黃白野花、鬱鬱蔥蔥、金色夕陽、銀色月光、大白公雞 3、小紅葉兒、紅寶石眼

其中冷色調語詞 61 個，占包含顏色語詞總數的 69.3%；在文本中出現 95 次，占包含顏色語詞出現總次數的 81.2%。這 61 個冷色調語詞及其在文本中出現的次數排列如下：

暗淡、灰瓦 6、激靛、烏桕、山黧豆、黝黝然、鬱鬱蔥蔥、蒼古、蒼茫、粉靨、銀鱗、銀絲、銀色月光、淺紫、淺紫色、紫羅蘭、翠葉、翠雀花、空翠、濃翠、黑、天黑、黑衣娘、大黑鴿 4、淡藍、深藍色、淺藍色、蔚藍天、碧 2、碧天、碧衿 11、碧血、深碧、淺碧 2、淡青、濃青、青草、青蔥、青島、青的、青苔、青玉 3、綠 2、暗綠、綠色、綠葉、綠茵、綠蔭 2、綠茫茫、綠樹叢、綠衣人、白露、白鴿、白鷳 7、白楊 2、白影、白雲、雪白、白公雞 2、大白公雞 3、白蓮花

全文所用的 88 個色彩詞和短語分屬 21 類色相。

暖色調色相 6 個：丹、紅、黃、金色、玫瑰色、粉霞色

冷色調色相 15 個：黑、白、灰、烏、碧、綠、翠、青、蒼、藍、靛、紫、黧色、粉色、銀色

由語詞的多樣搭配構成冷暖不同色調的色彩美，表現了不同的意境。全文所用的 88 個色彩詞和短語分屬 21 類色相，在文本中總共出現 117 次。其中有 15 個色相是冷色調，有 61 個色彩詞和短語是冷色調，在文本中出現 95 次，這就決定了文本以冷豔為基調的審美情趣。

結 語

《鴿兒的通信》通過一系列藝術群像的塑造，構成了內容蘊藉，情趣多樣的藝術意境。這些不同的意境所具有的深刻主題和美學內涵，都與語詞的組合方式與運用技巧存在密切聯繫。通過對人物活動、動物擬人的活動、其他自然物擬人的活動、形象與場景的色彩這四個方面的考察，從語言底層抉發了文本美學內涵的語言學依據：

一、以指稱或描述動物的詞和短語與人物構成對應關係，或以時間為序組織語詞，塑造不同個性的藝術形象，逐層揭示深層的愛情主題，表現和諧之美。

二、以富有代表性的名詞和富於特色的形容詞對舉，從表層意象的不同特徵對比揭示深層的文化差異，表現藝術文明的思辯之美。

三、賦予富有代表性的名詞和富於特色的形容詞以象徵性，構成不同情感色彩的意境，揭示心靈深處對生命的關懷，表現人生的淒冷美與樂天美。

四、以富於個性特徵的動詞群和富於特色的形容詞群的擬人化描寫，塑造了一系列具有不同性別、不同形態、不同情態、不同行為，不同氣質和性格的眾生形象，蘊涵著深厚的人性關懷，表現了不同類型的個性美與情趣美。

五、語詞的多樣搭配構成了冷暖不同色調的色彩美，表現了不同的意境。由於大量運用冷色調的色彩詞，這就決定了文本審美的冷豔基調。

參考文獻

1. 尤敏、屈毓秀編，《中國女作家小說選》，南京：江蘇人民出版社，1981 年。
2. 蘇雪林著，《蘇雪林自選集》，臺北：新陸書局，1954 年。

原載馬來亞大學《漢學研究學刊》，2011 年第二卷。

王朝聞對「紅學」研究的灼見

摘　要

　　王朝聞的《論鳳姐》在人物典型性格的評價，人物社會本質的揭示，《紅樓夢》的欣賞與批評等三個方面進行了系統的研究。這些成果為《紅樓夢》更進一步的深入研究奠定了基礎。這是作者對「紅學」研究做出的不可磨滅的貢獻。

關鍵詞：紅學；典型性格；社會本質；欣賞與批評

　　王朝聞是我國著名的文藝理論家、美學家和雕塑家，是新中國馬克思主義文藝理論和美學的開拓者和奠基人之一。他平生數十部達千萬言的著述，絕大部分研究文藝理論和美學，其中唯有一部《論鳳姐》卻是研究《紅樓夢》的專著。《論鳳姐》洋洋五十萬言，1980 年 4 月由百花文藝出版社出版，1984 年 1 月四川人民出版社再次出版，1990 年 2 月四川美術出版社《王朝聞集》把《論鳳姐》編入第五卷。《論鳳姐》問世以來，引起紅學圈內不小的震動，王朝聞被認為是「開拓紅學新境界」的紅學家，[註1] 也有人認為這部書「帶來了不少混亂」。[註2] 客觀地說，一部五十萬言的巨著完全沒有瑕疵是不可能的，但其中

〔註1〕 王仲明，《〈紅樓夢〉人物論的傑作──簡評王朝聞〈論鳳姐〉》，《新疆師範大學學報》(社會科學版)，1983 年第 1 期，第 153 頁。

〔註2〕 上官玉，《對王朝聞〈論鳳姐〉的若干批評》，《理論觀察》，2000 年第 2 期，第 42 頁。

具有學術價值的亮點也是有目共睹的。為了推動「紅學」研究的深入發展,《論鳳姐》至少在如下三個方面提出了值得借鑒的灼見。

一、人物典型性格的評價

《紅樓夢》於清代「康乾盛世」問世,迄今已二百多年。乾隆、嘉慶年間研究《紅樓夢》已經蔚然成風,光緒初年稱研究《紅樓夢》的學問為「紅學」。此後,無數學者的評點、索隱、考證、評論層出不窮,但是罕有人注意到作品中人物形象的塑造對表現小說主題的意義。「紅學」史上第一部評論《紅樓夢》人物的專著,是 1948 年 1 月由上海國際文化服務社出版的王崑崙寫的《紅樓夢人物論》。這部作品僅從藝術欣賞的角度對《紅樓夢》裏的各色人物做出了比較細緻的評述,其特點是善於運用對比映襯的手法凸顯人物個性,比如黛玉與寶釵,晴雯與襲人,迎春與探春,平兒與小紅等等。但是,這部作品是從人性論的觀點出發,側重於發現人性的「真善美」,沒有對人物形象作歷史的階級的分析。受胡適派「新紅學」思潮的影響,論者把賈家與曹家,賈寶玉與曹雪芹劃等號,這就把一段波瀾壯闊的社會史變成了曹家的興衰史,掩蓋了《紅樓夢》的社會歷史價值。

王朝聞對《紅樓夢》人物,尤其是對鳳姐的評價,首先是從社會歷史的典型環境出發,考察人物的典型性格對揭示小說主題的重要意義。以辯證唯物主義對立統一觀點分析典型環境中人物的典型性格。他認為,「運用『如實描寫,並無諱飾』的方法創造出來的鳳姐這個形象本身,在很大程度上體現了客觀事物對立統一的法則。」「鳳姐形象構成因素的對立統一,也表現在鳳姐的肖像描寫方面。」〔註3〕黛玉初到賈府所見的鳳姐是如此形象:

> 一雙丹鳳眼,兩彎柳葉掉梢眉。身量苗條,體格風騷。粉面含
>
> 春威不露,丹唇未啟笑先聞。

王朝聞認為,「春」與「威」一般是不相容的,但在鳳姐的神態上卻是互相依賴著的。她那如春的外貌蘊含著不露聲色的威勢,越看越令人感到可怕。誘人的美與可怕的醜,二者對立統一。賈瑞和尤二姐只看到她「春」的一面,而黛玉卻感受到她「不露」的另一面。正如鳳姐的綽號「鳳辣子」一樣,辣椒

〔註3〕王朝聞著,《王朝聞集》(第 5 卷),成都:四川美術出版社,1990 年 2 月版,第 82 ～84 頁。

在視覺上是紅形形的，很好看，在味覺上對不適應辣味的人而言卻是很不好受的。鳳姐壓迫奴隸是扮著「粉面」來進行的，「粉面」對於塑造這個具有兩面派的人物性格而言，是有典型意義的。正因為鳳姐把她的假惡醜隱藏在真善美裏，所以更能顯出她性格中假惡醜的深度。

作者指出，典型環境與活動於其中的人物性格有一定程度的聯繫。瀟湘館與怡紅院不能互相調換，蘅蕪院與瀟湘館也不能互相調換；櫳翠庵與秦氏臥室的陳設，與去鐵檻寺路邊村莊裏的鍬、鋤、犁等農具毫無共同之處，因而人物活動於其中的場所也具有典型性。典型人物與典型環境的關係，是環境創造人物、人物體現環境的關係。沒落的封建社會這一特定的歷史時代作為《紅樓夢》人物活動的典型環境，必然創造出鳳姐這樣的典型人物，特定歷史時代的典型環境也通過鳳姐這樣的典型人物體現出來。《紅樓夢》很少描寫鳳姐住所的具體特徵，她好像是一個在沒有布景的戲曲舞臺上活動的角色，但是這個帶戲上場的角色，全身浸透了封建末世的時代特徵。這就有力地說明鳳姐作為封建末世典型環境中的典型人物，她的性格特徵本身，即是特定環境典型特徵的顯現。

與其他學者不一樣，王朝聞特別指出細節描寫對於塑造典型人物性格的作用。他說：「不是一切細節都為塑造典型人物所需要，但塑造典型人物和再現典型事件，始終需要有表現力的細節。」[註4] 在《紅樓夢》裏，有許多抽一發而動全身與全局密切相關的細節。這些細節並非可有可無，而是塑造典型人物性格必不可少的點睛之筆。鳳姐對黛玉態度的變化，正是通過細節描寫深刻揭示了人物性格中「看人下菜碟兒」的典型特徵。鳳姐把黛玉比作小戲子這一事件，本是逢場作戲，但是恰恰發生在給寶釵做生日看戲的時候，就從心靈深處揭示了鳳姐對寶黛之間孰輕孰重的價值取向。當初黛玉初到賈府，鳳姐一見到黛玉，就攜著黛玉的手，上下細細打量了一回，說出了讓賈母和黛玉都愛聽的話：「竟不像老祖宗的外孫女兒，竟是個嫡親的孫女，怨不得老祖宗天天口頭心頭一時不忘。」她歡息黛玉母親過世，用帕拭淚，為不讓賈母感傷，忙轉悲為喜道：「正是呢！我一見了妹妹，一心都在他身上了，又是喜歡，又是傷心，竟忘記了老祖宗。該打，該打！」[註5] 鳳姐說了一大堆奉承話，然而其實並非巴結黛

〔註4〕王朝聞著，《王朝聞集》（第5卷），成都：四川美術出版社，1990年2月版，第156頁。

〔註5〕曹雪芹、高鶚著，《紅樓夢》，北京：華夏出版社，2013年4月版，第24頁。

玉,而是討好賈母。隨著寶釵地位的上升,黛玉受到冷落,鳳姐拿黛玉比小戲子那就絕非偶然,而是人物性格決定的了。

隨著黛玉父親的死亡,賈母對黛玉態度的變化,寶釵在賈母、王夫人心目中地位的鞏固,鳳姐在抄檢大觀園時,表現就更加露骨:〔註6〕

> 鳳姐　　我有一句話,不知是不是。要抄檢的原是咱們家的人;
> 　　　　薛大姑娘屋裏,斷乎抄不得的。
>
> 王家的　這個自然,豈有抄起親戚家的人來!
>
> 鳳姐　　我也這樣說呢。

然而鳳姐定下的只抄自家人不抄親戚家的原則,立即被她自己的行為推翻。鳳姐帶人到了瀟湘館,毫無拘束地抄起親戚家的黛玉臥室。她只按住已經睡下,要由床上起身的黛玉,冷冷地說:「你睡著罷,我們就走。」同是表妹,著意偏袒在賈府吃得開的寶釵,全然不顧寄人籬下的黛玉的感受。對待「咱們家的人」探春,前後不同的軟硬態度,對比尤為鮮明:〔註7〕

> 鳳姐　　因丟了一件東西,連日訪察不出人來,恐怕旁人賴這些
> 　　　　女孩子們,所以爽利大家搜一搜,使人去疑,倒也乾淨。
>
> 探春　　我們的丫頭,自然都是些賊,我就是頭一個窩主。既如
> 　　　　此,先來搜我……
>
> 鳳姐　　我不過是奉太太的命來,妹妹別錯怪我。

王朝聞通過對鳳姐一系列言語行為細節的分析,得出細節描寫對塑造典型環境中典型人物的性格特徵,以及表現小說主題所起的重要作用。他說:〔註8〕

> 從事物的空間關係看,倘若寫鳳姐的時候只有「協理寧國府」
> 的細節而沒有「弄權鐵檻寺」的細節;從事物的時間關係看,倘若
> 只有「協理寧國府」的細節而沒有「恃強羞說病」的細節;那就不
> 可能多方面地塑造這個個性鮮明的典型人物。細節的重要性當然是
> 相對的。但是,就封建王朝沒落過程的總畫面的變化來看,描寫鳳

〔註6〕王朝聞著,《王朝聞集》(第5卷),成都:四川美術出版社,1990年2月版,第167頁。

〔註7〕王朝聞著,《王朝聞集》(第5卷),成都:四川美術出版社,1990年2月版,第168頁。

〔註8〕王朝聞著,《王朝聞集》(第5卷),成都:四川美術出版社,1990年2月版,第158頁。

> 姐「怎樣做」的一些細節，對人物和環境的典型性的反映，起到了
> 多麼重要的作用。

由此可見，王朝聞有關細節描寫、典型環境和典型人物塑造技巧的論述，對「紅學」研究，尤其對《紅樓夢》人物性格的研究，顯然具有建設性的學術貢獻。

二、人物社會本質的揭示

《紅樓夢》研究歷史上曾經出現過兩個極端，「新紅學派」從人性論出發考察的結果，在一定程度上抹煞了這部名著的現實主義美學價值和反封建的社會意義；1954 年發起對俞平伯形而上學資產階級唯心論的批判之後，階級鬥爭學說一度被公式化、概念化，甚至用貼標籤的辦法代替了具體分析。顯然，這兩種傾向都無助於《紅樓夢》的深入研究。人類社會自從產生階級以來，就一直存在階級鬥爭，這是毋庸置疑的事實。具體到一部文學作品，哪些地方反映了階級矛盾和階級鬥爭，哪些人物的言行體現了其社會本質與階級屬性，這些矛盾和鬥爭、本質與屬性，與塑造小說的典型環境、典型人物的性格特徵，表現小說的主題有什麼關係，起到什麼作用，這才是需要認真探索的課題。

作為一個人，當然有人性；作為一個特定社會的人，當然具有特定的社會本質；作為一個特定社會處於一定經濟地位的人，當然屬這個經濟地位所對應的階級。但是，並非一個人說的任何一句話，做的任何一件事，都必須貼上階級的標籤。吸取文化大革命中盛行的階級鬥爭擴大化的教訓，對《紅樓夢》中典型人物社會本質和階級屬性的考察，王朝聞運用階級分析方法做了有啟發意義的探索。

「王熙鳳協理寧國府」是集中描寫鳳姐治人才幹的重要篇章。第十六回殘本有幾句脂硯齋評語：「寫鳳姐之珍貴，寫鳳姐之英氣，寫鳳姐之聲勢，寫鳳姐之心機，寫鳳姐之驕大。」一連五個「寫鳳姐」，其中既包含了從人性論角度對人物作出的評價，也暗示了鳳姐在榮、寧兩府所處的政治經濟地位。王朝聞從鳳姐到寧國府登臺約法三章入手：〔註9〕

> 我可比不得你們奶奶好性兒，由著你們去。更不要說你們「這

〔註9〕 王朝聞著，《王朝聞集》（第5卷），成都：四川美術出版社，1990年2月版，第549頁。

府裏原是這樣」的話，如今可要依著我行。錯我半點兒，管不得誰

是有臉的，誰是沒臉的，一例現清白處治。

　　這些話是鳳姐對寧國府管家來升媳婦說的，也是故意說給窗外人聽的。強調不論「有臉」與「無臉」「一例現清白處治」，這不但體現了脂評提到的鳳姐「英氣」、「心機」、「驕大」這些人性化特徵，而且點明了鳳姐的「珍貴」與「聲勢」。「珍貴」即表明鳳姐享有高貴的社會地位，「聲勢」更表明她擁有與其社會地位相應的統治權力，因此不論「有臉」、「無臉」通通都得聽從號令，否則嚴懲不貸。「英氣」、「心機」、「驕大」是鳳姐作為典型人物的個性特徵，而「珍貴」與「聲勢」又是鳳姐作為榮、寧兩府掌權者社會本質的表現。人性屬性與階級屬性共同集中在鳳姐身上，塑造出一個虎虎有生氣的封建末世女強人的典型形象，這就完全甩開了公式化、概念化、貼標籤的簡單化分析方法，從人物自身的話語，解剖出人物的社會本質與階級屬性。

　　人物性格的形成離不開人物生存的環境。處於不同社會地位的人性格特徵固然不同，處於相同社會地位的人由於環境的差異也不可能具有相同的性格特徵。王朝聞對鳳姐言行加以深入剖析，發掘出人物性格的形成與人物所處的社會地位和階級屬性存在密切關係。鳳姐怎能一到寧國府就發現寧國府存在的問題，而且迅即拿出解決問題的辦法呢？這不能否認鳳姐在榮國府居於統治階層，積累了長期的治下經驗，確實具有治家的才幹，她對「寧府中風俗」基於以下判斷：〔註10〕

　　　　頭一件是人口混雜，遺失東西。第二件，事無專執，臨期推委。

　　第三件，需用過費，濫支冒領。第四件，任無大小，苦樂不均。第

　　五件，家人豪縱，有臉者不服鈐束，無臉者不能上進。

　　如果沒有居於統治階層，又缺乏治家的歷練，斷然看不出一個貴族大家庭的如此弊端。因此鳳姐個性中幹練的特徵，並非與生俱來先天就有的，而是在特定社會環境中逐步形成的。她在治理榮府喪事時採取的策略，也是由於她所扮演的社會角色決定的。針對「有臉者」與「無臉者」，鳳姐採取不同的策略加以分化瓦解。她對「無臉者」說：「我可比不得你們奶奶好性兒，由著你們去。」這話包含多方面的暗示：既是對軟弱的尤氏的批評，也是對自己

〔註10〕王朝聞著，《王朝聞集》（第5卷），成都：四川美術出版社，1990年2月版，第544
　　　　～545頁。

權威的炫耀；既是對奴隸們的警告，也是對「有臉者」與「無臉者」的分化。還有對寧國府奴隸們的恐嚇：你們爺「既託了我，我就說不得要討你們嫌了」。這話很有分量，寥寥數語，活畫出出身顯貴的鳳姐的威嚴、幹練與冷酷。她基於榮府的治人經驗，在寧府來了個創造性的發展，充分展示了人物個性中社會地位和階級屬性的重要作用。鳳姐威嚴、幹練與冷酷的個性特徵，建築在特定的社會政治經濟地位之上，那些居於社會下層的奴隸小紅、茗煙、興兒等不可能有這些特點，即使同樣居於社會上層的王夫人、李紈、寶玉、探春等人，也不可能具有這些特點。曹雪芹筆下許多的人物性格絕不雷同，異彩紛呈，他們的性格特徵與其所處的社會地位與階級屬性必然或多或少有著一定的關係。

　　對典型人物性格特徵的分析，應該從有代表性的細節入手揭示其社會本質。王朝聞指出：「為了認識什麼是封建社會，什麼是剝削制度，什麼是剝削意識，《紅樓夢》給讀者提供了豐富的，個性鮮明的認識對象。其中有許多細節很值得重視。」「細節描寫是否得當，不只影響人物和情節的典型性，而且影響主題的明確性和深刻性。」〔註11〕王朝聞舉了鳳姐與賈璉爭奪二百兩銀子時說的一句話：「我又不等著『銜口墊背』，忙了什麼？」以此說明典型化的細節不只作用於人物的個性刻畫，也關係作品的主題。所謂「銜口墊背」，一語點破說話人所處的社會地位。普通窮苦百姓死後籌措一副棺材尚且不易，哪來金銀珠寶陪葬。鳳姐說的這句賭氣話包含著複雜的心理內容和社會意義。表面上看，鳳姐是這場家庭糾紛的勝利者，故意用這句話來「戳人的心」；而這話背後所反映的社會現實是：貴族家庭矛盾激化，賈府風光不再，已經面臨大廈將傾「飛鳥各投林」的危機。這樣的細節小中見大，以家事映現社會局勢，對於克服「紅學」研究中公式化概念化，給人物貼標簽的簡單做法，不是很有借鑒意義嗎？

三、《紅樓夢》的欣賞與批評

　　對《紅樓夢》進行鑒賞與評價最早也最有影響的是《脂硯齋重評石頭記》，通稱「脂硯齋評本」，簡稱「脂評本」或「脂本」。現在已經發現的「脂評本」

─────────

〔註11〕王朝聞著，《王朝聞集》（第5卷），成都：四川美術出版社，1990年2月版，第176頁。

系統的《石頭記》抄本共計 12 種，對研究、欣賞與評價《紅樓夢》有非常重要的學術價值。「脂評本」有不少精彩中肯的評價，但也存在明顯的時代與階級的侷限。王朝聞吸收了中國古代文學理論以及「脂評本」的精華，根據辯證唯物主義美學理論的原理，提出了文藝作品欣賞與批評的若干見解。

1. 讀者欣賞文藝作品的特殊要求

王朝聞舉了一個例子。鳳姐審問興兒之後，對陪審的平兒說：「你都聽見了？這才好呢。」作者並未交代鳳姐說的這個「好」究竟包含什麼意思，讀者或許會猜測，這是不是鳳姐抱怨賈璉這些「不要臉的忘八」背著她搗鬼？從這個「好」的背面，可以進一步體味鳳姐此刻複雜的心理內容。這個「好」字的運用，對讀者而言，沒有造成理解的障礙，反而引起濃厚的興趣。因此，某些形式完整，內容一覽無餘的作品，其實正是內容不足的表現。相反，有些看起來內容形式似乎不足的作品，反而得到讀者的青睞。例如《紅樓夢》補敘鳳姐在水月庵的活動對她自己精神狀態的影響，運用了虛中見實，「不足」中見「有餘」的藝術技巧：〔註 12〕

> ……張李兩家沒趣，真是人財兩空。這裡鳳姐卻坐享了三千兩，王夫人等連一點消息也不知道。自此鳳姐膽識愈壯，以後有了這樣的事，便恣意的作為起來，也不消多記。

如果真要把鳳姐做過的類同的事一一記載下來，那就等於拿流水賬本給讀者看。一句「不消多記」，簡練明瞭，留下多少讓讀者去自由想像的空間。王朝聞由此提出讀者欣賞文藝作品的特殊要求：〔註 13〕

> 讀者以客觀的藝術形象為認識對象，他們對作品的內蘊可能有所發現，可能以自己的生活經驗為參照而有所補充，形象才可能是由不全中見全的。因此可以認為，寶玉那「寧使文不足悲有餘」的說法，既是代表作者在說話，也是代表讀者在說話，它說出讀者對藝術的特殊要求。

讀者並非被動地全盤接受作品單方面灌輸給讀者的內容，這是因為藝術欣

〔註 12〕 王朝聞著，《王朝聞集》（第 5 卷），成都：四川美術出版社，1990 年 2 月版，第 683 ～684 頁。

〔註 13〕 王朝聞著，《王朝聞集》（第 5 卷），成都：四川美術出版社，1990 年 2 月版，第 683 頁。

賞實質上是一個互動的精神活動過程，其中包含讀者的主觀能動性和創造性。正因為如此，一部名著在反覆閱讀的過程中，每次閱讀都可能給讀者帶來不同的感受和不一樣的領悟。

2. 文藝欣賞是一種複雜的精神現象

王朝聞以寶玉給黛玉講「耗子偷芋」的故事脂硯齋的評語為例，指出同樣的故事情節，不同的讀者可能會有完全不同的感受。故事開頭幾句是：「揚州有一座黛山，山上有個林子洞，……林子洞裏原來有群耗子精，那一年臘月初七日，老耗子升座議事……」脂硯齋對此作了「借題發揮」的評點：「耗子亦能升座且議事，自是耗子有賞罰、有制度矣。何今之耗子猶穿壁齧物，其升座者置而不問哉？」脂評這種聯繫現實、借題發揮的議論，不只可知脂硯齋對現實社會的牢騷，而且不難看出他根本不去體驗聽故事的黛玉的心境，僅僅是因為寶玉編出來的這個故事觸動了他從實際生活中得來的感受，於是借題發揮來一通「傷時罵世」的議論。脂硯齋所發議論未必符合曹雪芹的創作意圖，與寶玉講故事的初衷也相去甚遠，然而不能因為作者沒有這樣的意圖，就認為脂硯齋的議論完全錯誤，是無中生有。

第二十回有一段描寫湘雲咬舌的文字：〔註14〕

> 湘雲　二哥哥，林姐姐，你們天天一處玩，我好容易來了，也
> 　　　不理我一理兒。
>
> 黛玉　偏是咬舌子愛說話。連個「二哥哥」也叫不出來，只是
> 　　　「愛哥哥愛哥哥」的。回來趕圍棋兒，又該你鬧「麼愛
> 　　　三四五」了。
>
> 寶玉　你學慣了他，明兒連你還咬起來呢。

脂硯齋的評語是：「可笑近之野史中，滿紙『羞花閉月』、『鶯啼燕語』，除〔殊〕不知真正美人，方有一陋處。如太真之肥，飛燕之瘦，西子之病。若施於別個，不美矣。今見『咬舌』二字，加以湘雲，是何大法手眼，敢用此二字哉！不獨〔不〕見〔其〕陋，且更覺輕俏嬌媚，儼然一嬌憨湘雲立於紙上。掩卷合目思之，其『愛厄』嬌音如入耳內。然後將滿紙『鶯啼燕語』之字樣，填

〔註14〕王朝聞著，《王朝聞集》（第5卷），成都：四川美術出版社，1990年2月版，第732頁。

糞窖可也。」脂硯齋評語並不涉及故事情節，只緊緊抓住「咬舌」二字，毫不留情地鞭撻概念化、雷同化、千人一面的形式主義傾向，極力讚揚作者成功塑造了湘雲這一富於藝術真實的典型形象。讀者著眼點的不同，生活經驗積累的厚薄，藝術欣賞水平的高低，決定了精神層面的複雜運動。脂硯齋獨特的感悟：正是「咬舌」這一陋處，凸現了典型人物美的個性，是因為符合生活的邏輯和藝術的真實。王朝聞把這些現象概括起來，得出如下結論：〔註15〕

> 文藝欣賞是一種複雜的精神現象，讀者對形象的理解不一定和作者的本意相吻合。他可能曲解作者的本意，也可能糾正作者的認識，還可能豐富作者的認識。那就是，從作者提供的認識對象著眼，發掘出較之作者本意更深刻的思想內容。

3. 文藝欣賞和批評包含思想鬥爭的性質

王朝聞通過對小說具體情節的分析，說明文藝作品的欣賞和批評包含思想鬥爭的性質。賈母對鼓書《鳳求鸞》的批評，表面上是反對「這樣書」裏那文藝形式的「陳腐舊套」，其實她正是站在維護「陳腐舊套」的立場上，斷定編書者的動機是「污穢人家」，至於作品的效果在賈母看來更是一無是處。賈母咒罵編書者「謅掉了下巴」那些批評，就是指責編書者存心蓄意醜化。這種批評顯然包含思想鬥爭的性質，因為她擁護什麼反對什麼態度十分鮮明。脂硯齋的評語說：「首回楔子內云，古今小說千部共成一套云云，猶未泄真。今借老太君一寫，是勸後來胸中無機軸之諸君子不可動筆。」又說：「鳳姐乃太君之要緊陪堂，今題『斑衣戲彩』是作者酬我阿鳳之勞，特貶賈珍、璉輩之無能耳。」〔註16〕這樣的評語同樣暴露了脂硯齋擁護封建主義的立場。讀者無論欣賞還是批評，必定經過思考斟酌，這就免不了思想鬥爭。錯誤的甚至反動的批評雖然抹煞不了作品固有的價值，卻也會像賈母對鼓書《鳳求鸞》的批評引起鳳姐之流見風使舵那樣，在思想鬥爭中造成混亂。

賈雨村在淮揚林府做教席時，曾漫遊到智通寺，看到山門兩旁的一副破舊對聯：「身後有餘忘縮手，眼前無路想回頭。」引起他進廟探訪的想法。在他看

〔註15〕王朝聞著，《王朝聞集》（第5卷），成都：四川美術出版社，1990年2月版，第711頁。

〔註16〕王朝聞著，《王朝聞集》（第5卷），成都：四川美術出版社，1990年2月版，第734頁。

來，或許那和尚也和自己一樣曾有過丟官的經歷。《紅樓夢》這樣描寫賈雨村在欣賞對聯時的思想活動：〔註17〕

> 這兩句話文雖淺近，其意則深也。曾遊過些名山大剎，倒不曾見過這話頭。其中想必有個翻過筋斗來的亦未可知。何不進去試試。

這副對聯宣揚的是勸人「及早回頭」、「回頭是岸」的警策之理，賈雨村把它當做文藝作品來欣賞。對聯內容對賈雨村這個曾翻過筋斗的讀者而言，具有強烈的吸引力，這是因為他曾貪酷舞弊，恃才侮上，被「上司尋了個空隙」，受到革職處分。這種切身經歷是對聯引起他共鳴的主要原因。雖然對聯內容觸動了賈雨村的思想，並促使其不得不思考，但是並不因為有所思考，賈雨村就會真的吸取教訓「縮手」與「回頭」。事實上，他後來投靠賈府，復職陞官，亂判葫蘆案，繼續貪贓枉法，最終斷送了仕途，可見對聯絲毫沒有起到改變其思想的作用。這當然不能說對聯沒能使讀者賈雨村產生思想鬥爭，只能說思想鬥爭的結果是貪婪的本性戰勝了「因嫌紗帽小，致使枷鎖扛」的恐懼，使他不顧一切在貪贓枉法的邪路上越走越遠。就如現在有的貪官不顧中央一再警告，仍然不回頭不收手的道理一樣。

《論鳳姐》不僅對王熙鳳這一典型人物形象作了深刻的剖析，而且圍繞鳳姐對賈母、寶釵、襲人、探春、寶玉等一系列重要人物形象，闢專章與鳳姐進行比較研究，探討典型環境與典型人物，共性與個性的相互關係。還以三章的篇幅論創作與欣賞。因此，《論鳳姐》蘊涵的豐富內容尚待進一步深入研究。

定稿於 2019 年 5 月 12 日。

〔註17〕王朝聞著，《王朝聞集》（第 5 卷），成都：四川美術出版社，1990 年 2 月版，第 733 頁。

中國文化研究

凌雲健筆意縱橫——從中國墨竹繪畫藝術的現實主義傳統談張采芹先生的墨竹

　　寫意墨竹作為中國繪畫藝術中的一個分科，由來已久。唐代已有人開始畫竹，但那時是用雙鈎的方法。相傳五代李夫人畫竹，是對著窗上婆娑的竹影寫生得來。到宋代文與可超邁前人，以水墨渲染的方法寫竹而享負盛名，於是歷代學他的人很多。自宋以降，元代的李息齋、趙孟頫、吳鎮、柯九思，明代的王紱、夏昶，清代的石濤、李鱓、鄭燮、蒲作英、吳昌碩，歷代寫竹名家層出不窮，風格殊異，而且形成了一套寫竹的繪畫理論。

　　中國繪畫是一門富於科學性的藝術，它從產生的一天起便扎根於現實生活的土壤。墨竹從一開始出現就具有它的現實性。文同畫竹是很注重於寫實的，歷來在墨竹繪畫上取得一定成就的畫家，都十分重視它的各種生理特徵和社會現實意義。墨竹並非純粹是封建時代文人士大夫的「遣情墨戲」，它歷來被看成是中華民族氣節的象徵。窮根究底，它實在是為各個時期的社會經濟基礎服務的一種工具和藝術形式。

　　如同中國繪畫的其他分科一樣，寫意墨竹所具有的優秀現實主義傳統，促成了它在漫長的歷史過程中積累了豐富的理論，取得了極高的藝術成就。中國寫意墨竹以其特有的藝術形式和獨到的精深造詣，為世界各國人民所廣泛喜愛，但是，這並不等於說寫意墨竹已經盡善盡美，毋須進一步發展了。稍

有一點繪畫史知識的人都知道，歷來對於墨竹，都有兩種不同的創作態度。中國繪畫史上一度由於形式主義畫風的惡性滋衍，有的畫家不重「師造化」，卻一味在古人作品中「討生活」，把墨竹作為「墨戲」，作為個人空虛精神和頹廢心理的寄託。在所謂「逸筆草草，不求形似」的幌子下，離開現實主義傳統，把墨竹變為莫名其妙的抽象符號，這就使寫意墨竹藝術的健康發展受到影響。加以戰亂對藝術的摧殘，建國前夕中國畫壇已是一派寥落蕭條景象。

建國後，在黨的「百花齊放」、「百家爭鳴」方針指引下，寫意墨竹藝術也得到蓬勃發展，出現了不同的藝術流派和獨具一格的畫風。粉粹「四人幫」以後，寫意墨竹重新在畫壇露面，這無疑意味著墨竹藝術將有一個新的發展。觀看了在成都展出的張采芹先生的寫意墨竹，我以為張先生的墨竹在當今中國畫壇上不愧為一枝凌雲之竹。所謂「凌雲」也者，並非指有什麼「壓倒」他人的氣慨，而是就其作品的思想性和藝術性所具有的獨到之處而言。

張先生是從半殖民地半封建社會過來並有著五十餘年繪畫經驗的老畫家，他的墨竹具有深厚的傳統工夫。建國後，老人深深感謝黨給他帶來了藝術上的春天。他心情舒暢，懷著對黨對祖國對人民的滿腔熱忱，畫了一幅又一幅歌頌新時代，表現人民感情的寫意墨竹。他建國後畫的墨竹，用墨純淨，畫面明朗，枝葉繁茂，一片蓬勃朝氣。看過他的墨竹的觀眾無不為之感動。打倒「四人幫」以後，老人揮毫更勤，經常配合黨的宣傳工作而辛勤作畫。在五屆人大召開前夕，老人連日揮寫大幅風竹，題為《東風浩蕩》作為獻禮。畫面濡墨淋漓，神采飛動，充分體現了老人對祖國人民的深摯感情和對美好將來的憧憬。

張采芹先生是一個注重寫生的畫家，他對於竹子的生理結構，生長規律，曾作過長期細緻的觀察研究。他曾說：「要得成竹於胸，不可不詳察毫末。」觀其所繪墨竹，大竿小枝，禿梢筍頭，老葉嫩尖，莫不符合竹子生理結構。大筆揮揮，洋洋灑灑，馳騁於法度之外而又莫不合於法度，確是一般畫竹者所難於做到的。

前人論竹，歷來認為畫大竹竿以光挺圓勁，墨色勻停為上乘。先生所畫大竹竿，圓勁潤澤，光彩秀發，墨色融和，雖丈二大幅，從上至下，一氣貫通，略無瑕疵。近年來時以「沙筆」表現光線照在竹竿上那種斑駁的反光，數枝大竿並列時，尤喜以「沙筆」破之，使畫面有變化而又不違反生活真實。元代柯九思論畫竹說：「幹用篆法，枝用草法，葉用八分法。」先生融匯古人畫法而另

闢蹊徑。過去傳統畫大竿多以抓筆中鋒為之。抗日戰爭時期，徐悲鴻先生來蓉辦畫展，住在張先生處，常相互切磋交流繪畫經驗，當時就曾以油漆刷畫大竿。後來張先生又以不同型號的油畫筆作粗細不同的大竿，真實感很強，為群眾所接受。目前國內畫竹者多採用此法。

先生畫枝以篆法為骨兼以草法，起筆藏鋒，行筆沉著，收筆以勾磔，沉穩活潑，行之有度。或逆筆以取勢，或順理而成章，穿插避讓，交相呼應，自然生動。畫竹之難不在枝幹，而在生葉，葉少猶可，最難莫過於寫繁葉。而先生墨竹之最有韻致處亦正在於此。嘗見一幅，千葉萬葉，重疊掩映，近看則筆意清晰，合於法度，墨華滋潤，趣味無窮；遠觀則濃淡得體，鬱鬱蒼蒼，滿牆生風，搖曳生姿。

先生用筆峭挺勁疾，力透紙背，善於用濃墨寫竹，使一幅之中，濃者愈濃，淡者愈淡，富有空間感。在格局上，深受近代任伯年、潘天壽等藝術大師影響，但又絕不亦步亦趨。章法別有新意，重視黑白對比，以虛寫實，實處求虛，知白守黑，務使作品不落舊套。

先生所寫墨竹，風、晴、雨、雪，四時榮枯，無不各具姿態，而以風竹造詣尤深。不論條屏、尺幅、扇面、冊頁還是中堂大幅，均能自成格局，獨運匠心。風竹之難，一在於竹竿要表現竹在風中有彈性的動態感覺，二在於枝葉要隨著風向作橫斜飄動的姿態。先生獨能曲盡其妙。其寫葉實按而虛起，銛利挺勁，風韻殊絕，富有獨創性。惟其不特為竹寫神，亦為竹寫生，神形並重，筆墨俱佳，遠追文李（文同、李息齋），近取鄭吳（鄭燮、吳昌碩），豪邁凌雲，自樹風標。

先生墨竹有兩個重要特點：創新和從俗。我們的藝術品是給群眾看的，一方面力求鮮明的思想進步性與高度藝術性的完美融合；另方面也要考慮群眾的欣賞要求。故近年來張先生除以水墨寫竹而外，還以汁綠、螺青、朱砂等為之，亦頗涉佳趣。

「久沐東風持晚節，同沾雨露育新篁。」張先生經常鈐於墨竹畫幅的這方篆印，對青年才俊寄予希望。作為張采芹先生繪畫藝術的後繼者，應努力探索，不斷創新，奮起凌雲健筆，繪出更多無愧於我們偉大時代的作品。

1979 年 7 月撰於瀘州。

我國春秋時期的說卦與訊息傳播

　　商代用龜甲卜兆，春秋時期流行用蓍草占卦。從表面上看，這似乎純粹是一種迷信活動，但從現代傳播學的角度看卻明顯地具有傳的特徵。《國語・周語上》說：「天子聽政，使公卿至於列士獻詩，瞽獻曲，史獻書，師箴，瞍賦，蒙誦，百工諫，庶人傳語，近臣盡規，親戚補察，瞽、史教誨，耆、艾修之而後王斟酌焉，是以事行而不悖。」這段話表明，古代帝王瞭解天下大事，利用了多種傳播訊息的渠道，其中提到「瞽、史教誨」。「史」就是「太史」，掌管陰陽、天時、禮法之書，同時直接從事占筮說卦。說卦既不同於「獻詩」、「獻曲」、「獻書」，也不同於「賦」、「誦」、「諫」、「傳語」，它是披著天命外衣，為統治者出謀劃策的一種特殊的訊息傳播活動。卦象和卦爻辭作為我國春秋時期周王室和諸侯國上層統治集團內部相互溝通的特殊傳媒，具有重要的研究價值。從事占筮的人對卦象和卦爻辭的解釋以什麼觀念作為指導，遵循何種原則，採取什麼方式，起到什麼作用，這些就是本文試圖探討的問題。

一、說卦體現的傳播觀念

　　《左傳・莊公二十二年》記載：「周史有以《周易》見陳侯者，陳侯使筮之。」這是先秦典籍中首次明確指出占筮的依據是《周易》的可靠資料，既然《周易》是占筮的理論依據，那麼運用《周易》的動機何在呢？《周易正義》卷首《論易之三名》認為：「《易》者，所以斷天地、理人倫而明王道。是以畫八卦，建

五氣以立五常之行，象法乾坤、順陰陽以正君臣、父子、夫婦之義，度時制宜作為罔罟，以佃以漁以贍民用。於是人民乃治，君親以尊，臣子以順，群生和洽，各安其性。此其作《易》之本意也。」作《易》的動機是垂教，而垂教是通過說卦來實現的。八卦按線的奇偶關係組合，由八卦兩重疊產生六十四卦，每卦由於線的奇偶排列不同，卦象也就各不相同，對各個卦各個爻的解釋也就不一樣。這些解釋卦爻的文字，體現作卦者的觀念，而這些觀念，又影響人們的言行。卦爻辭體現了什麼觀念，說卦者又傳達了什麼觀念，這種觀念是否具有傳的特徵。下面先討論卦辭和爻辭。

卦辭可以分為以下幾類：1. 泛言吉凶的。如：《乾》：「元亨，利貞。」《大有》：「元亨。」2. 有所針對而言吉凶的。如：《師》：「貞，丈人吉，无咎。」《謙》：「亨，君子有終。」3. 言吉凶變化的。如：《訟》：「有孚，窒。惕，中吉。終凶。利見大人，不利涉大川。」《既濟》：「亨，小利貞。初吉，終亂。」4. 以比喻言吉凶的。如《小畜》：「亨，密雲不雨，自我西郊。」《履》：「履虎尾，不咥人，亨。」5. 言語與吉凶相關的。如：《蒙》：「亨，匪我求童蒙，童蒙求我。初筮告，再三瀆，瀆則不告。利貞。」《夬》：「揚於王庭，孚號，有厲。告自邑，不利即戎，利有攸往。」

《易》之本意既然是垂教，當然就是用來規範人們言行的準繩。什麼事應做，什麼事不應做，什麼話應講，什麼不應講，什麼身份的人應當講什麼話，不應當講什麼話，都關係到後果的好壞。第一類卦辭，對一切人和事都適用。第二類卦辭，只對某類人適用。第三類卦辭適用於變化複雜的情況。第四類卦辭適用於有相似特徵的情況。第五類卦辭是對言語交際效果的評價。

爻辭內容較之卦辭顯得更為具體，大致可以分為這樣幾類：1. 記敘自然現象。如：《大過·九三》：「棟橈，凶。」《大壯·上六》：「羝羊觸藩，不能退，不能遂，无攸利。艱則吉。」2. 敘述人的行為。如：《坤·初六》：「履霜，堅冰至。」《既濟·九五》：「東鄰殺牛，不如西鄰之禴祭，實受其福。」3. 描寫人的狀態。如：《屯·初九》：「磐桓，利居貞，利建侯。」《姤·九三》：「臀無膚。其行次且，厲，无大咎。」4. 描寫人的情態。如：《乾·九三》：「君子終日乾乾，夕惕若，厲，无咎。」《同人·九五》：「同人，先號咷而後笑，大師克相遇。」5. 記敘史實。如：《泰·六五》：「帝乙歸妹以祉，元吉。」《既濟·九三》：「高宗伐鬼方，三年克之，小人勿用。」6. 自然和人事相比況。如：《小

畜‧九三》:「輿說輻，夫妻反目。」《大過‧九五》:「枯楊生華，老婦得其士夫，无咎，無譽。」7. 記述言語交際的作用。如:《艮‧六五》:「艮其輔，言有序，悔亡。」《師‧六五》:「田有禽，利執言。无咎。」

第一類爻辭雖然講的是自然現象，但與人事吉凶相關。第二、三、四類記述人的行為、狀態和情感與吉凶相聯繫。第五、六兩類或評價歷史事件，或把自然和人事相比較。第七類記錄不同情況下運用言語的社會效果。除極少數卦辭比較籠統外，幾乎所有的卦爻辭都以具體的事例作為參考訊息，明確指示人事休咎。這就表明了古人作卦爻辭的一個根本觀念:協調人事，趨吉避凶，提供借鑒。不宜做的事，通過占筮，由說卦者發出警告;應當做的事，也通過占筮加以肯定，表明這是神的意旨。由於占筮說卦憑藉了一種精神壓力，所以比起單純用口頭言語作傳媒，它干預人們社會活動的力量就要強大得多。人類社會活動是紛繁複雜的，六十四條卦辭，三百八十四條爻辭以及乾卦的「用九」和坤卦的「用六」，數量雖不算少，但以有限的卦爻辭解釋無限的人事，畢竟是遠遠不能滿足需要的。因此，必須進一步弄清說卦者怎樣處理卦爻辭所提供的訊息。

《左傳‧僖公十五年》載，秦伯伐晉，叫卜師徒父占筮，得蠱卦。徒父完全不理睬《周易》卦辭，講了如下一段話:「千乘三去，三去之餘，獲其雄狐。夫狐蠱，必其君也。蠱之貞，風也。其悔，山也。歲云秋矣，我落其實而取其材，所以克也。實落材亡，不敗何待?」查《周易》蠱卦，其辭曰:「元亨，利涉大川。先甲三日，後甲三日。」孔穎達認為「利涉大川」就是「利在拯難」，「先甲三日，後甲三日」意思是「用創制之令以治於人」。這樣一來，卦辭的內容與秦晉之間的戰爭掛不上鉤，所以占筮者乾脆不理睬《周易》而用上面一段話來增強秦伯取勝的信心。因為當時秦軍渡河，晉軍正在敗退，形勢對秦軍非常有利。

《昭公七年》載，衛襄公有兩子，長子名孟縶，次子名元。衛國卿大夫孔成子與史朝商議立國君，孔成子占筮，得屯卦，拿卦象給史朝看。史朝根據《周易》屯卦的卦辭說:「元亨，這有什麼可懷疑的?」孔成子認為「元」意為「年長」，不是指次子元。史朝則認為「元」意為「善之長」，不是「年長」，況且卦辭有「利建侯」，應當立次子元為國君。於是孔成子立元為國君。屯卦卦辭全文是:「元亨，利貞。勿用有攸往，利建侯。」「元」並非指「善之長」或「年

長」，「元亨」就是「大通」，即「非常順利」。全句意為：「非常順利，對正有利。不宜採用其他行動，對建立王侯有利。」按辭意，所謂「貞（正）」，合於當時的道德觀念就是「正」，孟縶為長子，理應繼位。而孟縶腳跛，不是四肢正常的人，按封建宗法不能列為宗主，更不能治理國家，主持祭祀大典。所以，孔成子和史朝都故意迴避卦辭中的「利貞」二字，同時曲解「元」的本意。在兩人關於「元」義的問答之中，相互統一了認識，體現了以占筮說卦協調人事的微妙作用。

《國語‧晉語》載，重耳欲渡黃河回國，向晉太史董因徵求意見。董因占筮，得泰卦，於是他完全按照《周易》泰卦的卦辭加以發揮，用「小往大來」暗示懷公子圉離開國都，重耳入主晉國。為了免除重耳的顧慮，董因還說：「渡河成功，一定會稱霸諸侯，子孫後代都依靠您，您不必害怕。」

根據以上材料可以歸納出以下幾點：

1.《周易》所有的卦爻辭，是古代歷史經驗的記錄，是為後代提供的人際交往的參考訊息。

2. 卦爻辭不可能面面俱到，後人占筮說卦並非生搬硬套，而是靈活運用。

3. 利用占筮說卦比直接發表個人看法易於取得較好的交際效果。

進一步還可以發現占筮說卦體現的傳播觀念：

1. 有關戰爭、政見、婚嫁等關係到國家或個人的命運前途的大事，或疑而不決的重大問題，才用占筮來作出抉擇。換句話說，什麼事占筮，什麼事不必占筮，是有選擇的。

2. 哪些卦爻辭可供參考，哪些卦爻辭不適合參考，對卦爻辭陳述的內容，應當怎樣理解，也是有選擇的。

3. 同一條卦爻辭接收的訊息也不一樣，這與人的地位、身份、道德觀念、文化修養、利害關係等多種因素有關。

4. 解說卦爻辭的過程，就是訊息傳播的過程。對卦爻辭的解說最切合受眾心態和當時的環境，就最容易讓人接受，就易於取得較好的傳播效果。

5. 說卦與通常用口語傳遞訊息的不同之處是：A. 說卦要受卦爻辭制約，傳遞訊息的內容和方式都有侷限，自由度比通常口語要小。B. 說卦要求具備較高的文化水平、分析能力和隨機應變能力。C. 卦象和卦爻辭作為一種特殊的傳媒，只被特定的社會階層所掌握，因而它的傳播空間也是有限的。

　　總之，占說卦是一種特殊的訊息傳遞活動，以此為專業的卜師或史官是為統治者提供諮詢和出謀劃策的訊息參考庫和智囊團。有利於統治者的言論，才能通過說卦加以宣傳，反之，則迴避或曲解。這就是說卦所體現的傳播觀念。

二、說卦傳遞訊息的原則

　　說卦除引用卦爻辭外還十分重視分析卦象。卦象都是一個特殊的符號，它負載著一定的意義。例如，乾☰、坤☷、震☳、巽☴、坎☵、離☲、艮☶、兌☱八種基本圖形就分別代表天、地、雷、風、水、火、山、澤。每個卦象都包含某種基本意義。例如，比卦䷇，坤在下，坎在上。在下者為內卦，象徵問卦者自己；在上者為外卦，象徵他人。整個卦象水在上，地在下，表示水在地面上流，兩者關係密切。但地能承受水也能壅塞水，水能順地勢流也能泛濫橫流。從這個基本意義出發，可以引申、比喻、生發出若干意義。因此，卦象提供的訊息是多向性的，有一定的選擇餘地。說卦者只是選擇了其中某部分訊息。問卦者對說卦者傳遞的訊息，可能完全接受，也可能完全不接受，或者只接受一部分。參與傳播活動的人，都有篩選訊息的自由。下面主要考察說卦遵循什麼原則。

　　《國語‧晉語》載，晉公子重耳親自卜問能否做晉國國君，得屯、豫兩卦。太史占筮，認為不吉利，根據是震卦的兩陰爻無論在屯、豫兩卦內、外都沒有變化。司空季子不同意這種看法，他引用《周易》屯卦卦辭：「元亨，利貞。勿用有攸往，利建侯」，豫卦卦辭：「利建侯，行師」，認為這兩卦是得國之卦。司空季子為什麼不著眼於爻的變化呢？這是因為他有政治遠見。當時秦國君主全力支持重耳返國，形勢對重耳非常有利，在這樣的關鍵時刻，任何有遠見的政治家都不會阻止重耳的行動。

　　《左傳‧閔公元年》載，畢萬要到晉國去做官，遇屯卦變為比卦。辛廖占筮，認為很有利，將來必定繁榮昌盛。後來畢萬因戰功被賜予魏地。但比卦卦辭明白指出「不寧方來，後夫凶」，辛廖為何視而不見呢？這只能表明辛廖具有識別人才、估量形勢的政治眼光。

　　從以上兩例可以看出，說卦者一方面以卦象卦爻辭為依據，另一方面又不墨守卦爻辭，能針對問卦者的具體情況提出看法。這就不但要求說卦者善於隨機應變，而且要求具有一定的政治眼光。應當傳遞什麼訊息，不應當傳遞什麼

訊息，必須服從政治形勢的需要。可見占筮說卦選擇訊息受一定的政治原則制約。

《僖公二十五年》載，周襄王在鄭國避難，晉侯為是否迎接周襄王一事讓卜偃占筮，遇大有變為睽卦。卜偃引用大有第三爻爻辭「公用享於天子」，認為很吉利。因為迎接周襄王可以在諸侯中宣揚禮義，樹立晉國的威信。

《襄公二十五年》載，崔武子想娶家臣東郭偃的姐姐棠姜，於是占筮，得困卦變為大過。史官們都說吉利。陳文子依據困卦第三爻爻辭「困於石，據於疾藜。入於其宮，不見其妻，凶」，認為崔武子娶家臣的姐姐作妻子不合禮法。

《昭公十二年》載，季孫意如的家臣南蒯將作亂，卜問吉凶，遇坤卦變為比卦。坤卦第五爻爻辭為「黃裳元吉」，於是南蒯認為背叛季氏很吉利，並就此事向子服惠伯徵求意見。子服惠伯說，外強內溫就是「忠」，和以導正就是「信」，所以稱為「黃裳元吉」。做忠信的事就吉利，否則一定失敗。其實，「黃裳元吉」本義是「黃色下裙非常吉祥」。子服惠伯對爻辭的解說完全是從禮義原則出發，勸導南蒯不要造反。

由此看來，禮義原則對卦爻辭的解釋具有導向作用。同一條卦辭或爻辭，在禮義原則引導下傳播的訊息與它本身的基本意義有時差別會很大。

有時，政治原則、禮義原則會在利害關係上打折扣。如《左傳·哀公九年》載，宋公伐鄭，晉將趙鞅卜兆，遇水適火。史官們都認為水勝火，利於伐齊，不利伐宋。陽虎占筮，遇泰卦變為需卦。根據泰卦第五爻爻辭「帝乙歸妹以祉，元吉」，微子啟是帝乙的兒子，宋國國君則是微子啟的後代，所以陽虎認為吉兆在宋，同宋作戰對己不利，於是不出兵救鄭。鄭國是晉國的附屬國，無論從政治需要或從禮義考慮，都應當出兵救鄭，但宋軍已在雍丘全殲許瑕統率的鄭國軍隊，武子剩救許瑕亦遭失敗。宋軍銳氣正盛，晉軍救鄭要冒很大風險。泰卦卦辭：「小往大來，吉，亨。」需卦卦辭：「有孚，光亨，貞吉，利涉大川。」就卦辭來看，晉軍救鄭是吉兆。之所以不取卦辭而取第五爻爻辭，是晉人在利害關係上反覆權衡後的抉擇。因此，占筮說卦不但受政治原則、禮義原則制約，而且受利害原則支配。崔武子不理睬陳文子的勸告堅持娶棠姜，實際上就是眼前的利益與禮義原則發生矛盾，利害原則佔了上風。

可見說卦者把卦象或卦爻辭攜帶的訊息傳遞給受眾，並不是完全無保留的

原樣傳遞，而是受說卦者本身的政治原則、道德原則、價值原則等等複雜因素的制約，有選擇地剔除了一部分訊息，新增加了一部分訊息。因此，占筮說卦者既是卦象卦爻辭所攜帶信息的接受者，又是把改造過的新訊息傳遞給問卦者的訊息傳遞者。問卦者對說卦者傳遞的訊息，也按照自己的政治原則、道德原則、價值原則加以過濾、篩選，然後作出反應。在訊息傳遞與反饋的整個過程中，政治原則、道德原則和價值原則都在不同的情況下產生或大或小的作用。整個傳通過程可以圖示如下：

A. 對略懂《周易》的受者：

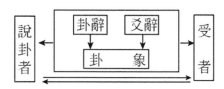

B. 對不懂《周易》的受者：

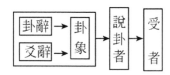

三、說卦傳遞訊息的方式

春秋時期解說卦象和卦爻辭見於《左傳》的共有二十處，見於《國語》的共有三處。根據這些材料加以考察，說卦傳遞訊息的方式大致可以歸納為如下七種。

（一）說　理

《左傳·僖公十五年》載，秦穆公打算攻打晉國，卜師徒父用蓍草占卦說：「很吉利，我軍渡過黃河，晉侯的戰車敗退。」這實際上是徒父分析當時的政治形勢之後得出的看法。當初，秦國幫過晉侯的大忙，晉侯回國時，秦穆公的夫人囑咐晉侯的妃子賈君接各位公子回國。晉侯回國後並不照辦，晉侯答應贈送秦穆公五座城市也沒給。秦國發生饑荒，晉國卻關閉了兩國交易的糧食市場。從前，晉侯曾許諾給中大夫里克和丕鄭一筆錢，可後來根本沒給。這樣，晉侯在道義上處於極為不利的地位。但徒父並沒有直接陳述秦國有利的種種因素，而是通過占卦來說明秦軍必勝的道理。占卜遇到蠱卦，徒父先分析卦辭說，有千輛戰車的軍隊失敗三次之後，就可以活捉雄狐。而狐的特點就是蠱，

因此一定是指活捉晉侯。這是用雄狐喻晉侯，從卦辭內容說明晉軍必敗的道理。徒父進一步分析卦象，蠱卦的內卦是巽，象徵風，外卦是艮，象徵山，而現在正是秋天，秦軍就如秋風，吹落山上樹木的果實，又奪取敵人的木材。敵人的果實被吹落，木材被砍光，不失敗還等待什麼呢？這裡借風與山上樹木、果實的關係。用比喻手法巧妙地傳遞訊息，說明了秦軍必勝的道理。

（二）勸 告

《昭公二十年》載，南蒯企圖背叛季孫意如，占筮遇到坤卦變為比卦，爻辭是「黃裳元吉」，便對子服惠伯說：「我想馬上辦一件事，你看怎樣？」子服惠伯首先分析「忠」、「信」二字的定義，其次解說「黃」、「裳」、「元」三字的含義，接下來說明有三類事情適合於此卦，進一步指出《易》不能用來占卜危險的事。如果不具備這樣的條件，占筮雖吉利，去做事就不會吉利。實際上子服惠伯完全預感到南蒯可能要幹什麼事，但既不便明說，又不願這事發生，就採用了說卦，細緻委婉地向南蒯提出警告。既充分陳述了幹壞事不合道義，又完全迴避了雙方都不願提談的具體事情。說卦成了一種特殊的訊息傳遞手段。

（三）說 服

《哀公九年》載，宋軍攻打鄭國，晉將趙鞅打算出兵救鄭卻未下決心。陽虎占筮，遇到泰卦變為需卦，就對趙鞅說，宋國正吉星高照，我們不能參與這事。接著提出三點理由：第一，宋人的祖先微子啟，是帝乙的長子；第二，宋、鄭兩國是姑舅姻親；第三，泰卦第五爻爻辭是「帝乙歸妹以祉，元吉。」陽虎並沒有直接陳說鄭人首先侵犯宋國的雍丘，宋將皇瑗包圍鄭軍，武子剩救鄭失敗等情況，而是避開這些，利用爻辭向趙鞅傳遞這樣的訊息：1. 宋、鄭既是姻親，暗示他們之間的戰爭純屬內部糾紛，晉國不便從中干預；2. 宋人的祖先微子啟是帝乙長子，而爻辭「帝乙歸妹以祉，元吉」分明指宋人有吉祿，晉國一旦干預，後果可想而知。這樣無論從情理上還是從利害關係著眼，晉國救鄭都是沒有必要的。趙鞅於是打消了出兵的念頭。

同樣借助說卦進行說服工作，而說服的側重點不一樣。上例陽虎側重於從國際關係和利害關係說服趙鞅，下例則主要是針對人的心理狀態進行說服。《僖公二十五年》載周襄王到鄭國避難，派人向秦晉兩國告急。秦晉兩國軍隊駐紮在黃河岸邊，以便保護周襄王回京。晉國的卜偃占筮，遇到大有卦變為睽

卦。卜偃首先解釋大有卦第三爻爻辭「公用享於天子」，意思是公侯作戰勝利受到天子的款待。其次分析卦象，象徵天的乾卦變為象徵沼澤的兌卦遮蔽了太陽，表示天子將降低身份來迎接公侯。於是，晉文公派軍隊迎接周襄王。卜偃抓住了晉文公想稱霸諸侯的心理，先用爻辭暗示出兵勤王必勝並能受到周天子尊重，次用卦象暗示出兵勤王會大大提高晉君的地位和威信，因而收到很好的效果。

（四）論　證

《昭公二十九年》載，晉國大夫蔡墨回答魏舒的提問，舉出《周易》的若干爻辭，如「潛龍勿用」、「見龍在田」、「亢龍有悔」、「見群龍無首」、「龍戰於野」等，來證明古代曾經有龍。《襄公二十八年》載，鄭大夫游吉對子展說，楚王快要完蛋了。他首先引用復卦第六爻爻辭「迷復，凶」，然後解釋什麼叫做迷復，最後得出楚王將有凶事的結論。前一例是直接用爻辭證明論點，後例是通過分析爻辭的意義來證明論點。

（五）評　論

《宣公十二年》載，楚軍圍鄭，晉國派兵救援。晉軍到達黃河邊，得知楚鄭已經講和，主帥荀林父就想退兵，可是副帥先縠不同意，單獨率領軍隊渡河。大夫荀首借分析師卦第一爻爻辭「師出以律，否臧，凶」的意義，發表對此事的評論。他首先說明「臧」、「否」、「律」的含義，然後指出「臧」、「否」與「律」的關係，最後指出違反紀律的後果。主帥荀林父沒有制止這種違紀行為，反而遷就先縠率領全軍渡河，後來遭到失敗。這種論事方式雖能讓人體會論者的主旨，但措辭比較有分寸，遠不如直接抨擊來得有力。因為荀首不過是下軍大夫，地位低於副帥，所以借解說爻辭發表個人意見。

（六）推　論

《昭公五年》載，叔孫豹出生時，他的父親用《周易》占筮，遇到明夷變為謙卦，楚丘據此首先推斷叔孫豹將來的社會地位，其次根據明夷變為謙卦，推斷叔孫豹會回國祭祀父親，再次根據明夷與謙卦的聯繫，推斷叔孫豹要離國出走，而且將帶一個壞人回國。所謂推斷，其實是以現存事實為依據的推論。借說卦提出推論比較容易讓人相信，這就增強了受眾對訊息的信任程度。

（七）反　駁

《襄公九年》載，魯成公的母親穆姜搬進東宮時，曾占了艮卦的第二爻。史官認為是由艮卦變為隨卦，隨有出的意義，由此推測穆姜很快會搬進東宮。但穆姜引用《周易》隨卦卦辭「隨，元亨利貞，无咎」來反駁史官的推測。她首先逐字解釋「元」、「亨」、「利」、「貞」的意義，然後說明自己不符合這四個條件，進而指出具備這四個條件的人才能無禍，自己既然不具備這四個條件，就不可能離開東宮。一定會死在這裡。卦象可以作多種分析，卦辭也可以有不同的說解。穆姜利用卦辭反駁史官對卦象的解說，實際上是借解釋卦辭透露她死也不離開東宮的訊息。

《襄公二十五年》載，崔武子想娶家臣東郭偃的姐姐，占筮遇到困卦變為大過，史官們都說吉利。陳文子不同意史官的說法，他首先分析卦象，說明這事不可以做，其次引用困卦第三爻爻辭「困於石，據於蒺藜，入於其宮，不見其妻，凶」來駁斥史官所謂吉利的說法。

無論以卦辭駁斥卦象的解說，還是以解說卦象和卦辭駁斥不同意見，其實都是交流訊息的手段。只不過這種交流是受卦象和卦爻辭限制的。通話雙方不能隨心所欲自由交談，只能在有限的範圍內尋找適當的措辭表達不同看法，而這些措辭必須與卦象或卦爻辭有意義上的聯繫或相比附的特點。

四、卦象和卦爻辭的傳媒作用

把《國語》和《左傳》的二十三條材料分類研究的結果，發現卦象和卦爻辭的傳媒作用表現在如下幾個方面。

（一）為政治抉擇提供訊息

《僖公十五年》史官蘇占筮，首先分析爻辭，其次解說卦象，指出晉獻公嫁伯姬到秦國對晉國不利。但晉獻公沒有採納史官蘇的意見，後來晉惠公被秦軍俘虜。《僖公二十五年》卜師偃分析卦象，指出晉文公應當迎接周襄王，以提高晉國的威望。《襄公二十八年》鄭大夫游吉解說爻辭，指出楚王失政，鄭國應當讓人民休養生息。《昭公七年》史朝分析卦象，認為孟縶與元兩位公子之中，應當立次子元為國君。《昭公十二年》子服惠伯解說爻辭，指出做忠信的事情就吉利，搞陰謀活動就不利。《國語‧晉語》董因分析卦象和卦辭，認為重耳應當渡過黃河回國，成就霸業。司空季子既分析卦象，又解說卦爻

辭，反駁史官認為重耳不能統治晉國的看法。

（二）為戰爭決策作參考

《僖公十五年》秦國卜師徒父分析卦象，陳述晉軍必敗的道理，支持秦穆公出兵伐晉。《宣公十二年》晉國大夫荀首解說爻辭，指出晉軍渡河與楚軍作戰必敗的道理，但並未採納，後來晉軍果然失敗。《成公十六年》晉國史官分析卦辭，認為進攻楚軍必勝，支持晉厲公與楚軍決戰。《哀公九年》晉將陽虎解說爻辭，認為晉國不宜出兵與宋國作戰，趙鞅於是不出兵救鄭。

（三）協調人際關係

《襄公二十五年》陳文子既分析卦象，又解說爻辭，認為崔武子娶東郭偃的姐姐不吉利。陳文子的目的是協調東郭偃與崔武子之間的緊張關係，但崔武子認為即使是凶兆，已應在棠姜的前夫頭上，對自己無害，終於沒有接受陳文子的意見。《國語・周語》單襄公引用晉國史官解釋卦象的話來勸導自己的兒子要與周子交好。

（四）表達個人見解

二十三例中有九例是個人借說卦發表自己的見解。這又可分為兩種情形，一種是用個人意見影響其他人，最終目的仍在於協調人際關係。如晉將趙鞅問史墨，季孫意如放逐君主，為什麼人民都服從季氏？史墨借分析卦象，說明君主與臣子的地位不是永恆不變，這是合乎自然規律的道理。另一種個人意見實際上是對他人的教誨或誘導。如晉國的魏舒問大夫蔡墨關於龍的事，蔡墨列舉《周易》若干爻辭證明古代有龍的存在。這是把爻辭作為傳播知識的媒介。又如晉國大夫辛廖分析卦象，認為畢萬將來會當公侯。這實際上是為畢萬作政治宣傳，誘導人們支持畢萬。

卦象和卦爻辭這四個方面的作用可以進一步歸納為兩點：一是協調人與人、群體與群體、國家與國家的相互關係，包括在政治、軍事和社會人事等方面的協調作用；再是以傳播知識，爭取社會輿論支持為目的的訓導作用。多數事例表明前一種作用是卦象和爻辭的主要功能，後一種作用事例很少。

通過以上粗淺的探索，證明春秋時期的說卦確是一種較為特殊的訊息傳播活動。這種活動的歷史淵源，可以上溯到原始社會末期。可是長期以來人們只是把它當作迷信活動而未予深究。本文只是一塊引玉之磚，希望能引起更多的

學者對這個問題的重視，以便從中總結出我國古代統治集團內部訊息傳遞的規律。

原載余也魯、鄭學檬主編《從零開始——首屆海峽兩岸中國傳統文化中傳的探索座談會論文集》，廈門大學出版社，1994 年 7 月版。

紹統求新　兼採中西
——略談張采芹先生晚期藝術風格

　　西蜀著名國畫家張采芹先生在七、八十年代創作的晚期作品，較早期作品更為爐火純青。其顯著的特徵是在作畫技巧和設色上豐富了傳統的表現方法，為年輕一代的畫家提供了可貴的借鑒。先生於 1975 年所繪的一套 12 幅花卉，堪稱這一時期具有代表性的作品。張先生 1975 年 9 月 6 日函稱：「關於囑畫之件，近日集中精力，照前信所說種類 12 種，辛勤完成。其中蘭、竹兩張，自覺不甚如意，重新畫過。友人來見，備極讚揚。自覺未必盡佳，不過這些年來為人一次畫這樣多種類和這樣完備的還沒有。」

　　其中墨竹一幅，以濃淡構成空間層次。濃墨以運筆粗細區分竹竿位置的前後主次關係。淡墨大竹竿兩枝，以竿上竹葉的濃淡區分空間位置。整幅畫共四個層次，給人以強烈的空間立體感。畫幅下部有細竹竿兩組，每組三枝，也用濃淡區分空間位置。濃墨竹枝細分起來，有濃和次濃兩種墨色；淡墨竹枝也有淡和次淡兩種墨色。竹葉則有濃、次濃、濃淡相間、淡、次淡五種墨色。古人說「墨分五彩」，先生此畫盡得古人神髓，且有過之而無不及。所謂「過之」，就是在畫大竹竿的技法上另闢蹊徑，超邁前賢。傳統畫法是以斗筆中鋒為之，所畫大竹竿圓潤挺拔，富有質感，然作大畫則難於達到理想效果。故抗戰期間，悲鴻先生曾於先生寓所共同研製以油畫刷、油漆刷畫大竹竿，

開風氣之先。徐、張二位先生的創造並非一時隨想，而是有吸收西方藝術光影表現技法的主觀意圖。同是受西畫影響的嶺南畫派高劍父就曾用刷子畫大竹竿，惜太扁平，又帶破筆，雖能表現竹之紋理，但欠圓潤。而先生用油漆刷所畫大竹竿，墨色滋潤，不用破筆，遒勁圓渾，立體感強，故受到觀眾歡迎。筆者見過先生所畫各種姿態、各種尺寸的墨竹不下百幅，頗諳先生畫竹風格，但一見此套花卉中的墨竹，不免吃驚，因為此畫嫻婉中有陽剛氣，偃臥的竹下藏有瘦勁枝，構圖精緻而極富情趣，立意遙深，技法清奇絕妙，與先生通常所畫大氣磅礡之墨竹迥然異趣。由於畫幅為 45.5×34.5cm 的斗方，不可能使用油漆刷，其中兩枝大竹竿乃是用 10 號油畫筆所作。油畫筆毛較短，蓄水少，畫大竹竿易出現枯筆，而先生所作仍圓潤可愛，生氣勃勃，非率爾為之能臻此境。此種寫竹竿技法的創新實是先生為當代繪畫所作的貢獻。

先生設色具有個人的獨特風格。常人畫牡丹，用洋紅加胭脂以避火氣。而先生卻不用胭脂用白粉，畫出的牡丹不僅無火氣，反增雍容柔美的質感，這已是人所共知的特色。又如先生畫八哥，不僅翅間用白粉，且加石青，使之與橙黃的喙爪形成鮮明的色彩對比，這也是唯先生獨具的特色。這說明先生設色的觀念已經由自在地反映生活真實進入到了自主的揭示生活本質的境界。什麼是自在地反映生活真實？那就是畫家客觀地師法造化，描繪自然的面貌。什麼是自主地揭示生活本質？那就是畫家「中得心源」，悟得真髓，調動自己的才智和靈感，藝術地再現生活的靈魂。「生活的靈魂」是什麼？是藝術家對真善美永不停息的追求。筆者認為，這套花卉中的玉蘭的設色，正是先生追求藝術真善美的一次成功的嘗試。因為此幅畫除了構圖用筆之外，色彩的響亮和融洽是最叩人心扉的因素。說到玉蘭，不能不提起于非闇先生那幅著名的工筆畫《玉蘭黃鸝》。其畫之所以獲得好評，藍、白、黃三色的鮮明對比是一個不容否認的因素。然于先生的玉蘭是真實生活的描寫，故花瓣全是白色。而采芹先生所畫玉蘭卻無一朵是白色的，這顯然透露了先生對藝術創作的獨特見解。先生此幅是小寫意畫，以帶淡赭的墨色寫出遒勁有力，左右顧盼的樹枝。枝間以淡墨措置盛開、半開的 6 朵玉蘭花與 20 多個花蕾。居中 4 朵，左右各一朵。中部 4 朵有 3 朵盛開，一朵半開。整幅畫以淡粉紅色為主，與淡粉綠色對比構成溫馨的暖調子。花朵以淡紅為底壓白粉者為多，以淡綠為底點白粉者少。花

蕾以淡紅加白粉者為多，間以淡藤黃加白粉，淡橙黃加白粉的小花蕾。花萼之下，以淡綠隨意點染小葉作為暖色之襯托。花芯以粉綠作底，用桔紅和藤黃點綴，掩映於花瓣之間，呈現出欣欣向榮，熱情嫻雅的氣派。一方宣紙挽住一片春光，揭示了生命的動力源泉，顯示了先生對自然的深刻思考，並把哲學思考以獨特的色彩調配訴諸藝術形象的創造。正如世界上本無大紅色的牽牛花，而齊白石卻以大紅的牽牛花配濃墨的藤葉以表達自己的藝術追求那樣，采芹先生在玉蘭的設色上也開創了新路子，並取得了很好的藝術效果，這是值得當代藝術家借鑒的。

和大多數同時代國畫家一樣，先生早年走的是文人畫的路子，重視詩、書、畫、印相互配合的整體藝術形式。但晚期作品則風格一變。試觀先生七、八十年代的作品，以單款為多，幾乎不再題詩。先生甚至告誡筆者不要在畫上打「大吉羊」、「人生一樂」、「此生原為學書來」之類的閒章，以免招來麻煩。這固然部分是由於特殊的社會環境所致，但考慮多數讀者的感受，以作品寄託對人民的關心和對真善美的執著追求，則是其主意。七十年代後期，先生常在畫面上打「百花齊放」、「萬紫千紅」、「虛心勁節」、「俏不爭春」、「山花爛漫」、「友梅師竹」、「友竹」、「虛心」、「久沐東風持晚節，同沾雨露育新篁」等印章，這些印章的內容都透露了先生作畫的人文底蘊。先生是在一個特殊的社會歷史時期堅持中西文化藝術交融，既具有深厚傳統基礎，又具有創新特色，俯視一代的優秀藝術家。這使凡是見到先生作品的人，無不為其獨特的藝術魅力而深受感動。

在先生百年誕辰之際，謹撰此文奉獻給讀者諸君，以寄託筆者對先生的深摯懷念。

2001 年教師節於廈門大學海濱新村 26 樓。

原載《張采芹繪畫藝術》，四川美術出版社，2001 年 10 月版。

《易傳》對《周易》信息結構的貢獻

摘　要

　　《周易》的信息內容由「經」和「傳」兩部分構成，而信息結構至下而上分為自然生態、社會文化、思惟觀念三個層次。自然生態層次是一個自然與人相互聯繫的系統；社會文化層次是包含數學、倫理、藝術信息的網絡；思惟觀念層次則體現了中國古代人的思惟特徵和哲學理念。但此信息結構之所以成為相互聯繫，相互作用，包含不同層次的系統，是《易傳》對《易經》的補充和創造性闡發的結果。

關鍵詞：周易；易傳；易經；信息結構

　　《左傳》是中國傳世文獻中最早運用《周易》來論事、測事、傳播信息的儒家經典。《左傳》用《周易》論事有 6 例，占筮測事有 14 次，其中有 3 次用本卦，11 次用之卦（即變卦）。運用之卦的次數占絕對優勢，表明《周易》在春秋時期對變化紛繁的社會人事已具有相當強的解釋能力，而《左傳》的解釋都可以在《易傳》中找到依據。可見，《周易》解釋性的增強主要得力於《易傳》。

一、自然生態層次的形成

　　《易經》是《周易》的主幹，其信息結構的基礎是自然生態。這在卦辭和爻辭中表現為五個方面的信息：

（一）氣象：霜、冰、雲、雨、震、隕；

（二）色彩：玄、黃、白、朱、赤；

（三）植物：茅、苞桑、莽、楊、叢棘、杞、包（匏）瓜、碩果、莧、木、株木、林、蒺藜、葛藟；

（四）動物：馬、牝馬、白馬、良馬、馬匹、鹿、禽、小畜、大畜、虎、魚、鮒、牛、牝牛、童牛、黃牛、龜、靈龜、羊、羝羊、豕、豶豕、豚、鼫鼠、狐、小狐、鳥、飛鳥、隼、雉、鴻、鳴鶴、大牲、豹；

（五）自然景觀：天、地、田、野、郊、淵、陸、沙、泥、石、坎、月、大川、荒、河、泉、幹（岸）、陂、陵、高陵、西山、岐山、丘、丘園、幽谷。

這些信息都是一些獨立的概念，相互之間沒有邏輯上、文化上或其他方面的聯繫。每一組概念雖然在語言詞義上可歸為一類，但並沒有構成完整的系統，因而解釋性不強。《易傳》對《易經》闡發，首先表現在自然生態層次上，一是補充了必要的信息，二是構成了相互聯繫的信息系統。

對氣象補充了兩點重要內容。《乾·文言》說：「雲從龍，風從虎。」《屯·象傳》說：「雷雨之動滿盈。」卦辭和爻辭都未提到的「風」和「雷」，《文言》和《象傳》給補出來了。這不是一件無足輕重的小事，因為八個經卦與自然、社會、人事產生廣泛聯繫，絕不能缺少「風」和「雷」。

對色彩補充了「黑」。《說卦傳》「其（筆者按：指「坤」）於地也，為黑」，這就構成了中國先秦時期的正色體系：玄（青）、赤、黃、白、黑。「玄」，《辭源》解釋為「天青色」，《坤·文言》「天玄地黃」孔穎達疏：「天色玄地色黃」。可見「玄」就是「青」色。

《易傳》補充的具體植物名稱，即《說卦傳》提到的「木果、蒼筤竹、萑葦、果蓏」。《離·象傳》說「百穀草木麗乎土」，在植物的總名上補充了「百穀、草」。

補充的動物總名有「獸」（見《繫辭下》）、「黔喙之屬（山居之獸）」（見《說卦傳》）。具體的動物名稱有《繫辭下》提到的「蛇、尺蠖」，以及《說卦傳》提到的「雞、狗、鱉、蟹、蠃、蚌、鼠」。

自然景觀方面補充的信息有《蒙·象傳》「山下出泉」之「山」，《訟·象傳》「天與水違行」之「水」，《履·象傳》「上天下澤」之「澤」，《同人·象傳》

「天與火」之「火」,《離·象傳》「日月麗乎天」之「日」及「百穀草木麗乎土」之「土」,還有《說卦傳》提到的「徑路」和「溝瀆」。其中,「山、水、火、澤」是自然生態層次必不可少的重要信息,這四種元素與《易經》卦爻辭已有的「天、地」以及《乾·文言》和《屯·象傳》補充的「風、雷」一起,構成了《易經》八卦最基本的自然生態結構。《說卦傳》闡發說:「天地定位,山澤通氣,雷風相薄,水火不相射,八卦相錯,數往者順,知來者逆,是故易逆數也。」〔註1〕

這樣,彼此不相干的八種基本元素之間就有了相互聯繫、相互作用的關係,而且可以用來解釋和預測人事。根據《左傳》和《國語》的記載,春秋時期八卦象徵的自然物象與人和社會物象已經產生了對應關係:

乾:天、王、君、父;

坤:地、馬、帛、母;

震:雷、車、足、男;

巽:風、女;

坎:水、川、夫、眾;

離:火、日、鳥、牛、公侯;

艮:山、庭、男;

兌:澤、旗;〔註2〕

這樣一個關係網,縱向8種自然元素相互聯繫、相互影響,橫向每一種自然、社會人事元素也相互聯繫、相互影響,形成了一個立體的信息縱橫互通的解釋系統。《左傳》和《國語》把自然物象與社會人事相聯繫,就為《周易》構建一個自然與人信息互通的自然生態系統奠定了基礎。《說卦傳》在此基礎上作了進一步的發展:

乾:天、首、君、父、環、玉、金、寒、冰、大赤、良馬、老馬、瘠馬、駁馬、木果;

坤:地、母、布、釜、吝嗇、均、子母牛、大輿、文、眾、柄、黑;

震:雷、龍、玄黃、旉、大塗、長子、決躁、蒼筤竹、萑葦、善鳴馬、馵足

〔註1〕 [清] 阮元校刻,《十三經注疏》,北京:中華書局,1980年,第94頁。

〔註2〕 鄭萬耕,《易學源流》,瀋陽:瀋陽出版社,1997年,第38~39頁。

馬、作足馬、的顙馬、反生稼、健稼、蕃鮮稼；

巽：木、風、長女、繩直、工、白、長、高、進退、不果、臭、寡髮人、廣顙人、多白眼人、近利、市三倍、躁；

坎：水、溝瀆、隱伏、矯輮、弓、輪、中男、加憂人、心病人、耳痛人、血、赤、美脊馬、亟心、下首、薄蹄、曳、多眚輿、通、月、盜、堅多心木；

離：火、日、電、中女、甲冑、戈兵、大腹人、鱉、蟹、蠃、蚌、龜、科上槁木；

艮：山、徑路、小石、門闕、果蓏、閽寺、指、少男、狗、鼠、黔喙之屬、堅多節木；

兌：澤、少女、巫、口舌、毀折、附決、剛鹵、妾、羊。

《說卦傳》把當時實際運用的八卦對應的物象加以調整和擴大，除了增加物象的品種外，還在同一種物象中細分若干類別，而且增加了人為景觀及表示性質和行為特徵的信息，顯然，《易傳》構建的自然生態系統比《左傳》和《國語》運用的解釋框架更細緻，解釋力更強。人事與自然的對應融合，表明《周易》把人視為自然的構成元素，體現了《易傳》對人與自然的整體觀，這是漢代「天人合一」理論提出的思想基礎。經過《易傳》創造性的闡發，《周易》自然生態層次所蘊含的不再是零散的純粹的自然信息，而是一個自然與人相聯繫的信息系統。這個系統包含如下六個方面的內容：

（一）氣象季節及特徵。如「日、月、雷、電、巽（孔穎達疏：取其春時氣至，草木皆吐，巽佈而生）、高（孔疏：風性高遠）」。

（二）自然地理及特徵。如「山、澤、溝瀆、吝嗇（孔疏：取其地生物不轉移）、剛鹵（孔疏：取水澤所停則城鹵）」。

（三）植物及其特徵。如「萑葦、反生稼、堅多節木、繩直（孔疏：如繩之直木）、附決（孔疏：果蓏之屬則附決）」。

（四）動物及特徵。如「狗、子母牛、良馬、的顙馬（孔疏：白額為的顙）」。

（五）人為景觀及物品。如「門闕、閽寺、布、金、玉、大輿」。

（六）人之稱謂及特徵。如「父、母、長女、中女、少女、寡髮人、多白眼人、口舌（孔疏：取口舌為言語之具也）」。

這六個方面的內容相互聯繫、相互作用，為利用自然信息解釋社會人事提供了廣大的空間。

二、社會文化層次的構建

在自然生態之上的是社會文化層次，這個層次首先包含了數學信息。從卦辭、爻辭裏提到的數字和記錄爻的排列順序的數字看，《易經》展現了一個以「百」為最大單位的基數詞系統。這些數字是：一、二、三、四、五、六、七、八、九、十、百。雖然《震‧六二》爻辭有「億喪貝」，但據王弼、韓康伯注：「億，辭也」，〔註3〕可知「億」是語氣詞，並非數詞。《易經》的這套基數詞比較原始質樸，還看不出明顯的數學思想。《繫辭上》說：「易有太極，是生兩儀。兩儀生四象，四象生八卦。」《繫辭下》又說「八卦成列，象在其中矣。因而重之，爻在其中矣。」這就在《易經》的基數詞之上形成了具有數學思想的系統。文王六十四卦按兩儀、四象、八卦、十六、三十二、六十四的序列遞進，即為 2 之累乘方：2、2、2、2、2、2，這就是數學的二進法。《周易》卦象的演進，遵循數學之二進法，單卦由兩畫或一橫之陰陽兩爻符號，每三爻合成一組，共有 2＝8 組，即八卦。重卦則六爻合成一組，以 2 為底數，6 為指數，2＝64 組，即六十四卦。照此增加至 2 則為無窮數。此乃排列組合法之先導。《周易》所用之中國式模數法（Modulus）較近代模數法早 3000 年。〔註4〕

社會文化層次還包含了人的稱謂信息。《易經》的卦爻辭顯示了如下的身份關係：

（一）家庭稱謂：祖、考、妣、父、母、長子、子、女、妹、娣、夫、老夫、妻、女妻、老婦、士夫、家人；

（二）社會稱謂：女子、小子、童、主、客、賓、友、朋、鄰、邑人、幽人、行人、旅人、武人；

（三）道德稱謂：丈夫、夫子、大人、君子、丈人、弟子、小人、惡人；

（四）階級稱謂：王、帝、天子、國君、大君、王母、君、公、侯、官、士、主人、史巫、宮人、童僕、臣、妾、寇。

《易傳》把上述人的稱謂信息加以調整組織，使之與自然生態層次接軌，

〔註3〕 ［清］阮元校刻，《十三經注疏》，北京：中華書局，1980 年，第 62 頁。
〔註4〕 沈宜甲，《科學無玄的周易》，北京：中國友誼出版公司，1984 年，第 166～167 頁。

並在此基礎上條理化、系統化，提出了一套完整的倫理原則。《序卦傳》說：「有天地，然後有萬物。有萬物，然後有男女。有男女，然後有夫婦。有夫婦，然後有父子。有父子，然後有君臣。有君臣，然後有上下。有上下，然後禮義有所錯。」〔註5〕這樣看來，「禮義」基於「上下」地位的差別；地位基於「君臣」主從關係的搭配；主從基於「父子」血緣的先後；血緣基於「夫婦」姻緣的約定；姻緣基於「男女」性別的差異；而性別是「萬物」分化的結果；「萬物」則是「天地」的產物。按這個說法，人與人之間的關係是自然生成的，所以上下尊卑是人人必須承認的事實。倫理最基本的內容就是男女、夫婦、父子、君臣、上下之間的關係，以及用來規範和維繫這些關係的準則——禮義。

既然人是天地的產物，因而天、地、人貫穿著普遍的法則，這就是《說卦傳》所說的「立天之道曰陰與陽，立地之道曰柔與剛，立人之道曰仁與義」。「仁義」是與「陰陽」、「柔剛」相通的法則，那麼「仁」與「義」又指的是什麼呢？《繫辭下》說：「天地之大德曰生，聖人之大寶曰位，何以守位曰仁，何以聚人曰財，理財正辭，禁民為非曰義。」〔註6〕因此，「仁」的內涵是遵從天地造化的法則，謹守其位。「義」的內涵是禁止亂位的行為。「位」的內涵就是尊卑貴賤的等級次序。《繫辭上》說：「天尊地卑，乾坤定矣。卑高以陳，貴賤位矣。」與天地乾坤對應的男女、夫婦、父子、君臣、上下就是尊卑在人倫中的具體體現。在這些兩兩相對的關係中，前者總是處於主動地位，後者總是處於順從地位，如果不遵循這一規則，就是亂位。

但是，處於主動地位並不意味著可以任意妄為，尊者必須使自己的行為遵從天地自然的法則，也只有在這一前提下，尊者才能保守其位，得到卑者的尊重。《文言傳》提出的天之四德，也就是尊者應當具備的美德，尊者有了「體仁」、「嘉會」、「利物」、「貞固」這四種美德，就能合於天地自然的法則，就能得到卑者的順從和尊重，也就能保住尊者的地位。否則，不但不能得到卑者的尊重，甚至地位和生命也保不住，因為這是與天地自然法則背道而馳的。卑者的品德在於含美於內，順行於外，即《坤·象傳》所說的「順承天」、「厚載物」、「德合無疆，含弘光大」。就像大地一樣容載萬物，這就是地道、坤道、女道、

〔註5〕　［清］阮元校刻，《十三經注疏》，北京：中華書局，1980年，第96頁。
〔註6〕　［清］阮元校刻，《十三經注疏》，北京：中華書局，1980年，第86頁。

妻道、子道、臣道。但是卑者並非一味盲從,《乾·文言》說:「貴而無位,高而無民,賢人在下位而無輔。」在上位的人不具備尊者的美德,在下位的卑者就不會輔佐他。這樣,《易傳》把自然萬物產生的時間先後序列,轉換成了人與人之間的上下主從關係,並且把卦象與人的陰陽屬性和地位尊卑聯繫起來,構成了一套與自然信息相通的倫理系統。

社會文化層次包含的藝術信息,主要集中於《易傳》,但與《易經》的聯繫也是明顯的。中國古代比較原始的藝術信息,體現於《易經》一些爻辭對自然色彩的評價。例如:

(一)《履·初九》「素履,往无咎」;《大過·初六》「籍用白茅,无咎」;《賁·上九》「白賁,无咎」。

(二)《坤·六五》「黃裳,元吉」;《離·六二》「黃離,元吉」;《解·九二》「得黃矢,貞吉」。

這兩組爻辭透露了中國古代社會對白、黃兩種色彩的審美評價,但這種評價只是把人們對色彩的感受與人事吉凶休咎掛鉤的程式化,還未確立基本的審美原則,當然也就談不上系統化。

《易傳》把早期的美的感受提升到理論高度,構成了一個以自然美為最高審美原則,以對稱美和中正美為主要表現形式的藝術信息網。就美的性質而言,《易傳》提出了一個以自然美為母,以陽剛美和陰柔美為子的理論體系。自然美是由天地萬物的自然屬性引發的美感,《周易》的發端,就是出於觀察自然物象的領悟,所以《繫辭下》說:「古者包犧氏之王天下也,仰則觀象於天,俯則觀法於地,觀鳥獸之文與地之宜,近取諸身,遠取諸物,於是始作八卦,以通神明之德,以類萬物之情。」〔註7〕由於天地萬物是美產生的客觀根源,所以《繫辭上》說:「聖人有以見天下之賾,而擬諸其形容,象其物宜。」至於《繫辭下》所謂「天地絪縕,萬物化醇,男女構精,萬物化生」,以及《繫辭上》「法象莫大乎天地,變通莫大乎四時,懸象著明莫大乎日月」,都是讚美天地萬物的自然之美。這體現了沒有人為痕跡的樸素的自然形象是真美的審美基本原則。這一審美原則是在《易經》爻辭對白色評價的基礎上的創造性發展,它對後來的中國美學理論有著深遠的影響,如劉勰的《文心雕龍·

〔註7〕 〔清〕阮元校刻,《十三經注疏》,北京:中華書局,1980年,第19頁。

情采》說:「衣錦褧衣,惡文太章;賁象窮白,貴乎反本。」﹝註8﹞顯然,自然美作為審美原則在後來的美學理論中佔有很高地位,這不能說與《易傳》的美學思想毫無關係。

如果說自然美是天地萬物融合構成的和諧美,那麼陽剛美就只是體現了自然美的一個方面,這種美是由自然界中具有陽性特徵的事物所引發的美感,它與由自然界中具有陰性特徵的事物引發的美感相對稱,又相補充。就《易經》的卦爻辭看,雖然乾卦的爻辭提到「龍」、「大人」,坤卦與「牝馬」、「冰」、「霜」相聯繫,但沒有表現出明顯的審美傾向,因此,有關陽剛與陰柔的美學理論,可以說是《易傳》的創造性發展。《說卦傳》說:「昔者聖人之作《易》也,將以順性命之理,是以立天之道,曰陰與陽;立地之道,曰柔與剛。」《繫辭下》說:「乾,陽物也。坤,陰物也。陰陽合德而剛柔有體,以體天地之撰,以通神明之德。」所以,《乾·文言》說:「乾始能以美利利天下,不言所利大矣哉。大哉乾乎,剛健中正,純粹精也。」這種陽剛之美與人的品德相比附,就有《大畜·象傳》所說的「剛健篤實輝光,日新其德」,而德行光輝的人有如日月經天,因此,《乾·象傳》說:「天行健,君子以自強不息。」這樣,陽剛之美不僅發源於自然,而且體現於君子,自然與人於是具有同一種美。這種蘊含著力量和意志的陽剛美對中國的音樂、舞蹈、書法、建築、雕刻、繪畫和文學創作都產生了深遠的影響。

陰柔美體現了自然美的另一個方面。相對於陽剛美表現的力量和意志而言,陰柔美表現的是婉約和含蓄。《坤·象傳》說:「至哉坤元,萬物資生,乃順承天。坤厚載物,德合無疆,含弘光大,品物咸亨……柔順利貞,君子攸行。」《坤·文言》說:「坤至柔而動也剛,至靜而德方,後得主而有常,含萬物而化光。坤道其順乎,承天而時行。」又說:「陰雖有美,含之以從王事,弗敢成也,地道也,妻道也,臣道也。地道無成而代有終也。」大地是萬物滋生的基礎,以其寬厚博大而承載萬物,這是陰柔美產生的根源。所謂「乃順承天」、「柔順利貞」、「承天而時行」、「含之以從王事」,是把陰柔美作為陽剛美的補充放在從屬地位,因而陰柔美在中國藝術領域中不佔有統治地位。唐代學者孔穎達的解釋代表了乾尊坤卑的這一傳統看法,他說:「地道也,妻道也,臣道

﹝註8﹞ [南朝梁] 劉勰,《文心雕龍》,北京:商務印書館,1937年。

也者，欲明坤道處卑，待唱乃和，故歷言此三事皆卑，應於尊下順於上也。地道無成而代有終者，其地道卑柔，無敢先唱，成物必待陽始先唱，而後代陽有終也。」〔註9〕可見陰柔美不能取得與陽剛美同等的地位，並非審美原則厚此薄彼，而是審美觀念差異所致。

就美的形式而言，經卦的乾卦象以中線為參照上下對稱，坤卦象還以中空為參照左右對稱。單卦重疊為復卦後，仍然形成對稱格局，全部六十四卦卦象都具有互補均衡的對稱形式。但卦象對稱的形式美《易傳》沒有加以闡發，卻以《易經》的一句爻辭為起點創造性地提出了一套中正美的理論。《夬·九五》：「中行，无咎。」王弼、韓康伯注：「處中而行，足以免咎。」於是《乾·文言》「大哉乾乎，剛健中正」以及《離·彖傳》「柔麗乎中正」就不但認為陽剛的事物具有中正特徵，而且指出陰柔依附於陽剛，因而陰柔的事物也就具有了中正特徵。《豫·彖傳》說「不終日，貞吉，以中正也」，「不終日」因為具有中正特徵，所以就吉利。孔穎達這樣解釋《姤·彖傳》「九五含章，中正也」這句話：「中正故有美，無應故含章而不發，若非九五中正則無美可含，故舉爻位而言中正也。」〔註10〕由外在的形式美推及人的內美，並且把《易經》爻辭對黃色的審美評價結合起來，所以《坤·文言》說：「君子黃中通理，正位居體，美在其中。」又由人的內美擴展到人際關係，《家人·彖傳》說：「男女正，天地之大義也。家人有嚴君焉，父母之謂也。父父、子子、兄兄、弟弟、夫夫、婦婦，而家道正，正家而天下定矣。」這樣，中正美就成為聯繫自然與社會來衡量形式美和人的道德品格的一體二用的標準。

三、思惟觀念層次的昇華

思惟觀念層次的信息在思惟特徵上首先由卦爻象與數目的關係表現出來，是謂象數思惟。這種思惟把象與數結合起來考察事物的變化過程和規律。《易傳》的功勞是擴展了「象」與「數」的內涵，即「象」不僅指卦爻象，而且聯繫到卦爻象象徵的事物的形象；「數」不僅指代表陽爻陰爻的「九」與「六」，從「初」至「上」的爻位數目，而且指陽爻陰爻的數目變化和數量對比。因此，運用象數思惟，既可通過形象感知事物的性質信息，又可通過數目消長，考

〔註9〕 〔清〕阮元校刻，《十三經注疏》，北京：中華書局，1980年，第57～58頁。
〔註10〕 〔清〕阮元校刻，《十三經注疏》，北京：中華書局，1980年，第77～81頁。

察事物由量變引起的信息變化。

其次，《易經》每卦配以卦辭，每爻配以爻辭的格局體現了以象達意、以意釋象的信息模式。把象與意結合起來認識事物，是謂意象思惟。「意」不僅包括卦象、爻象本身具有的意義，而且包括卦辭、爻辭所蘊含的義理。《易傳》的貢獻是把「意」、「象」與社會文化信息聯繫起來綜合分析，從而開拓了在更高層次上探索事物運動變化規律的新領域。

再次，《易經》的《泰》卦辭「小往大來，吉，亨」、《否》卦辭「大往小來」、《泰·九二》「無平不陂，無往不復」透露了樸素的辯證思惟信息。《易傳》進一步把自然和人事的變化聯繫起來，認為矛盾雙方如陰陽、順健、柔剛、小人君子、道之消長，以至萬事萬物，都是一體兩面、矛盾統一，彼此相對消長的。所以，《泰·彖傳》說：「泰，小往大來，吉，亨，則是天地交而萬物通也，上下交而其志同也，內陽而外陰，內健而外順，內君子而外小人，君子道長，小人道消也。」《否·彖傳》也說：「大往小來，則是天地不交而萬物不通也，上下不交而天下無邦也，內陰而外陽，內柔而外剛，內小人而外君子，小人道長，君子道消也。」

《易經》的六十四卦把象、數、自然和人事信息聯繫在一起，體現了一種整體觀念。《易傳》在此基礎上提出了一套系統的觀念理論，它包括世界觀、人生觀和價值觀。《繫辭下》說：「《易》之為書也，廣大悉備，有天道焉，有地道焉，有人道焉。」這表現了一種天地人和諧相通，共同構成一個整體的世界觀。《繫辭上》認為世界是從混沌之物的分化開始的，所謂「《易》有太極，是生兩儀。兩儀生四象，四象生八卦」，如此生生不息，以至於無窮。世界有兩個層次：一是可感知的實體，即所謂「形而下者謂之器」；再是不能直接感知的性質或規則，即所謂「形而上者謂之道」。有形之器是世界存在的形式，無形之道是世界存在的實質。這個法則的核心就是「變」。《繫辭上》說：「在天成象，在地成形，變化見矣」，又說：「剛柔相推而生變化」，「爻象動乎內，吉凶見乎外，功業見乎變」。這就是說，變化的動因在事物內部。

《繫辭上》說「乾道成男，坤道成女」，人是天地所生，所以聖人「與天地相似，故不違；知周乎萬物而道濟天下，故不過；旁行而不流，樂天知命，故不憂；安土敦乎仁，故能愛。範圍天地之化而不過，曲成萬物而不遺。」「是以君子將有為也，將有行也」，可見，人應當在不違背天地自然運動規律的範圍內

努力有所作為，使萬物各得其宜。這就是《易傳》的人生觀。《說卦傳》說「和順於道德而理於義，窮理盡義以至命」，主張用道德理義來規範人生。《易傳》的人生觀對儒家「達者兼濟天下，窮則獨善其身」的人生哲學有很深的影響。

《易傳》的價值觀是與審美原則互為表裏的天人合一的理想。人與自然的和諧統一，就是至美至善的境界。要達到這一理想境界，就必須以「美」和「善」為最高價值取向。《繫辭下》說「天地之大德曰生」，天地之德與人德一體兩面，所以《說卦傳》說「立天之道曰陰與陽，立地之道曰柔與剛，立人之道曰仁與義」，天地之道與人道也是一體兩面，同為一物。《繫辭上》說：「一陰一陽之謂道，繼之者善也，成之者性也。」所謂「繼之」、「成之」就是以善行和仁義之性去追求「道」，去實現「道」。這個「道」就是天地、陰陽、剛柔的完美結合，也就是天人合一、至美至善的理想境界。君子以「體仁」、「嘉會」、「利物」、「貞固」四德律己，力求達到至美至善的理想境界，這也是君子應有的價值觀。《易傳》主張靠人的情感體驗去完善人格，導致中國人把倫理道德看得比科學真理還重要。

可見，《周易》之所以具備自然生態、社會文化、思惟觀念等相互聯繫，相互作用，包含不同層次的信息結構，是由於《易傳》對《易經》的補充和創造性闡發的結果。

定稿於 2002 年 7 月。

金石錚錚　藝苑留芳
——讀《魏大愚書法篆刻集》

　　豫章故郡，洪都新府，物華天寶，人傑地靈，自古於書法篆刻有成就者，無不出自書香門第。然而，在戰亂頻仍，民生維艱的時代，一個與翰墨無緣的工人家庭，竟然產生了一位成就卓著的書法家、篆刻家，這是中國文化史上的一個奇蹟。這位書法家、篆刻家，就是豫章故郡（今江西南昌）的魏大愚先生。魏先生早年家貧，只受過三年私塾教育，憑著堅忍刻苦的長期努力，不僅步入書法篆刻堂奧，而且取得了相當高的藝術成就。魏先生在世時已名聞遐邇，但作品未見結集，經「文革」浩劫，許多珍品被付之一炬，不能不令人扼腕。幸而在大愚先生誕生 103 週年之際，人民書畫雜誌社隆重出版了《魏大愚書法篆刻集》，使世人得以窺其成就之一斑。為了繼承和發揚優秀傳統文化，為了讓更多的讀者瞭解魏先生作品的道德精神與藝術風貌，本文以其篆刻代表作文天祥《正氣歌》之數方石印為例，談談魏先生的藝術貢獻。

　　書法為治印之根基，不能寫得一手好字，斷不能刻出一方好印。先生的書法，始於「街學」，繼涉真、草、隸、篆各體，而於魏碑功力尤深。抗戰期間寓居重慶，進一步致力於殷周甲骨文、金文、石鼓文研究，為金石之學奠定了堅實廣博的書法基礎。先生以數年之心血，將《正氣歌》治印 61 方，正如該書序言所述：「其款式方圓長扁雜形兼有，有的仿古如銅刀幣、石碑、古錢、

瓦當、鐘鼎器皿等形；又有陰刻陽刻朱白參變；字體諸如甲骨、鐘鼎、大篆、小篆、隸書、蟲書、魏碑、草書等；刀法中多用雙刀法，偶用單刀法急就，使之氣度恢宏，又蒼古樸茂；章法上取徑甚高，一絲不苟，直登秦、漢堂奧，深得秦璽漢印神韻。」而於每方印文，章法經營，文字結構，點畫奏刀，意趣旨向，各有不同，呈現了先生書法篆刻的宏偉境界與藝術造詣。

「天地有正氣」一印取法封泥，而章法疏密有致。整方印上緊下空，朱白對比鮮明，豪邁灑脫。印文如此佈局，與印文內容的精神內涵一致，體現一種明朗積極的浩然之氣。這一點沒有相當的文化素養絕對辦不到。文字佈局吸取了中國書法與繪畫尊崇的知白守黑，疏可走馬，密不容針的原則，在中部「有」字下留下大塊空白，在「地」字左偏旁與「氣」字左下方留空，與「有」字下的大塊空白連成一氣，且在印上方的左右邊緣各開一闕，使全印空白渾然一體。其妙思之精微，更在左右缺邊打通了方印與外部的通道，令人遐思天外，感覺這一小方印與整個世界、整個宇宙是相關相通的，這方印彷彿就是宇宙的縮影。文字結構的安排也頗具匠心，左上方「正」與「氣」筆劃緊湊，右下方「地」採用異體古字，筆劃繁多結構緊密，與左上方成顧盼之勢。朱白分布既有面積反差，又給人以沉著穩定之感，其妙在對印邊寬窄與筆劃粗細處理得當：下方邊沿寬而朱多，上方邊沿窄而朱少，「天」、「正」二字的第一橫畫粗重，加之「有」字的右捺寬厚，增加了朱色份量，使上下朱白雖然面積懸殊但份量均衡，從而造成整塊印朱白分布大氣穩妥的格局。字體取法兩周銅器銘文，結構謹嚴，刀走中鋒，筆劃凝煉含蓄，以圓勁渾厚取勝，即如「有」字之右捺，也蓄勢內斂，全印無一畫露鋒，堪稱皖派後學之優秀力作。

再看「凜烈萬古存」一印，先生治印，敦厚樸茂，一如其人，因之皖派的沉穩含蓄最能體現先生的個性與藝術追求。但此印一反常態，刀法凌厲，表現出不同的意趣旨向。首先，其意境取法秦權，朱白分布與字形結構都與秦權銘文相近，其邊沿之白線與缺損，又兼得王莽權銘神韻。其次，字形雖本秦權，然捨其錯落而取新莽權銘之工整。再次，點畫奏刀以中鋒為主，但亦有不少筆劃出鋒，「存」字左半部甚至出現鋸齒燕尾，此為浙派後學之典型技法，竟為先生所用，其中奧秘，必有所致。蓋先生與普通印家之不同，首先在於立意，字體刀法，朱白分布，全受立意驅動。如果雙刀一貫，筆劃一概凝煉

圓勁，穩則穩也，斷難表現凜烈不屈之氣。而浙派陽剛風格，正適於此，全印文字筆劃，當彎曲者全改為方折，暗喻寧折不彎之氣節。印左之「存」字，五豎並行，單刀直下，鋒芒所向，豪氣振發，不能不令人拍案叫絕。

　　《正氣歌》其他印文，亦各具特色，如滿白文仿漢官印「在秦張良椎」，朱白均稱，文字厚重嚴謹；「陰陽不能賊」，朱白文對角交叉，影射陰陽氣數縱橫，相互轉化。「不能」二字合文，構思新穎，變化巧妙；仿封泥印「當其貫日月」，左右朱色襯托中部圓白，其中文字筆劃當折者一律處理為曲線，體現真善美的圓融化境；「哀哉沮洳場」刀法奔放，刀路艱澀，文字筆劃密集，筆痕遍布鋸齒，右下角大塊缺損，暗喻環境之惡劣；「為我安樂國」直追殷墟卜辭刀法，但筆劃較甲骨文粗壯方整，以大片朱色襯托白文，右側邊有意斷白，洋溢著不可遏止的樂觀主義精神。從以上粗略分析不難發現，魏大愚先生不僅於金石之學造詣精深，而且於中國傳統文化也多所寢饋，致使他的篆刻作品具有豐富的人文內涵，對中國文化的傳承和發展做出了不可磨滅的貢獻。

　　　　　　　　　　原載《中國國門時報》，2010 年 1 月 29 日第八版。

瀘州老窖酒文化初探

摘　要

　　瀘州老窖酒釀製技藝傳承至今已有 400 多年，它不僅改善和豐富了民眾的物質生活，同時也創造了燦爛的文化。它蘊含了瀘州人感恩自然的生態理念和自強不息的敬業精神。老窖酒不但是中華文化的傳承媒介，而且是文學藝術的靈感鑰匙。珍愛和保護古代優秀文化是每個中國人的責任，因為它是中華民族寶貴的精神財富。

關鍵詞：瀘州；老窖酒；文化

引　言

　　東漢許慎的《說文解字·巾部》說：「古者少康初作箕、帚、秫酒。少康，杜康也。」據《史記·夏本紀》載，少康是姒相之子，夏王朝的國君，後人認為少康（即杜康）是中國的酒祖。可見中國人在遠古時期就會釀酒。漢代始建瀘州，名曰江陽。當地出土的漢代陶角酒杯、漢代飲酒陶俑以及漢代畫像石棺上的巫術祈禱圖證明瀘州人在漢代就已會釀酒。據清張宗本《閱微壺雜記》記載，元代泰定元年（公元 1324 年）郭懷玉釀製出了第一代瀘州老窖大麴酒。經明代舒承宗傳承定型到新中國發展壯大，瀘州老窖酒釀製技藝傳承至今已有 23 代。瀘州老窖大麴酒 1915 年獲巴拿馬萬國博覽會金獎，1994 年再獲巴拿馬萬國名酒特別金獎。1952 年，在第一次全國評酒會上，瀘州老窖大麴酒被評為首

屆中國四大名酒之一，從此成為中國濃香型白酒的典型代表。1996 年 12 月，中華人民共和國國務院批准明代萬曆年間（公元 1573 年）舒承宗所建的瀘州大麴老窖池群（現在稱為 1573 國寶窖池群），為行業首家「全國重點文物保護單位」。2006 年 5 月，國務院批准自元代傳承至今的「瀘州老窖酒傳統釀製技藝」為「國家非物質文化遺產」。

數百年來，瀘州老窖大麴酒改善和豐富了當地民眾的物質和精神生活，在創造經濟價值的同時也創造了燦爛的文化。瀘州老窖酒文化不只是屬於當地民眾，它是中華民族共有的精神財富。本文對瀘州老窖酒文化試作如下探索。

一、感恩自然的生態理念

中國酒城瀘州，地理座標東經 105°8'~106°28'，北緯 27°39'~29°20'，地處四川盆地南緣與雲貴高原的過渡帶，境內長江、沱江、永寧河、赤水河等數十條河流縱橫交錯，地形以丘陵為主。瀘州市區和郊區的森林覆蓋面廣，山泉常年不斷。大自然造就了這個水生態優越、植被覆蓋海拔 500～1902 米的丘陵地形和北緯 28°黃金緯度的特定地理環境。

瀘州市屬亞熱帶濕潤氣候區，氣溫較高，日照充足，雨量充沛，四季分明，無霜期達 300 天以上，很少降雪。季風氣候明顯，春秋季暖和，夏季炎熱，冬季不太冷。這種氣候最適宜糯紅高粱生長，為瀘州老窖釀酒需要的優質原料提供了天然保障。在這樣的氣候條件下，酒糟發酵時間延長，釀出的酒口感才會醇厚綿長。

瀘州土地以侏羅系紫色母岩分布最廣，土層深厚、膠質性強、礦物質含量豐富，適宜高粱、小麥等農作物生長。瀘州五渡溪特產的黃泥，是獨一無二建造窖池必用的泥土。這種泥土色澤金黃，手感綿滑，無砂石雜質，用它做的窖池光滑平整。經現代科學分析，這種泥土鈣、鐵離子少，黏性好，富含多種有益微生物，可反覆循環使用。長期使用的窖池會出現紅綠彩色，凝固的黃泥會變軟，與酒糟結合發出濃鬱香氣。窖池必須年年使用，窖內微生物才能存活，年代久遠的窖池十分珍貴，不可複製。

瀘州城內忠山流下來的三條小溪旁，有甘泉、營溝、龍泉三口古井，明清以來都用井水釀酒。清嘉慶十二年（公元 1807 年），龍泉井附近的釀酒作坊和居民出資維修年久失修的龍泉井，並立《重修龍泉井碑》。至今瀘州老窖仍在使

用龍泉井水釀酒。專家分析認為，此井水清澈微甜，呈微酸性，硬度適宜，能促進酵母繁殖，有利於糖化和發酵。瀘州老窖擁有三大天然藏酒洞——純陽洞、醉翁洞、龍泉洞，是瀘州老窖原酒的儲存之地。洞內陽光稀薄，空氣流動緩慢，相對溫度保持在 22℃左右，相對濕度保持在 70～80%以上，含負氧離子。

釀酒必須的地理環境、氣候、溫度、土壤、水資源，都不是人的主觀意志能具備的，完全靠大自然恩賜，這一點瀘州人非常清楚。當地人祖祖輩輩一直認為，人是天地生成的，釀酒的一切資源也是天造地設，瀘州人之所以能造出老窖大麴，人人都能享受美酒，是大自然的賜予。因此，除夕吃年夜飯，家家都會先祭祀天地神靈，然後才祭祀祖宗。這種帶有封建迷信色彩的儀式，骨子裏其實是對大自然的感恩與敬畏。人是天地所生，這是中華民族遠古的理念。《詩・商頌・玄鳥》：「天命玄鳥，降而生商。」《史記・殷本紀》載，商族的始祖契的母親簡狄，因吞吃了玄鳥卵而生契。《史記・周本紀》載，周族的始祖后稷的母親姜原，在野外因踏上巨人的足跡而懷孕生后稷。這些帶有神話色彩的描述表明，自古以來中華民族就有了人是天地所生，對大自然必須感恩與敬畏的理念。

瀘州人植樹造林，使忠山林木蓊鬱，山泉不斷。每棵上百年的古樹都編號註冊。採取措施予以保護。《荀子・天論》說：「天行有常，不為堯存，不為桀亡。應之以治則吉，應之以亂則凶。強本而節用，則天不能貧；養備而動時，則天不能病；修道而不貳，則天不能禍。」瀘州人保持了古人這種辯證的生態理念，順應自然，保護自然資源，因而維護了自然生態，為瀘州老窖釀酒技藝的傳承發展提供了必備的先決條件。瀘州 2011 年 6 月被評為國家森林城市，2017 年 12 月被評為國家水生態文明城市，表明當地至今仍然保持了優越的自然生態環境。正是瀘州人這種感恩自然的生態理念，成為 600 多年來瀘州大麴老窖池群綿延不息、老窖酒釀製技藝傳承至今的精神動力。

二、自強不息的敬業精神

要保證瀘州老窖大麴酒的質量，除了天然條件外，還得靠人的高超技藝。這主要體現在窖池、麴藥製作、釀造、勾調等人為環節上。

1573 國寶窖池群是古窖，窖池的土質綿柔細膩，四壁打入密集的楠竹釘後，精選五渡溪的優質黃泥和鳳凰山下的龍泉井水摻和、踩揉建成。故窖內泥

土細柔綿軟無夾砂,持續生產過程中每排投糧加麴發酵變酒後,酒液在泥窖中浸泡酯化老熟期間,有 30%～40%滲透入泥內培窖,而窖泥吸收儲存的老酒分子與新酒溶解後即酯化生香。仿照古法建的新窖,只能釀出二麴、三麴,10 年之後才可產頭麴,釀製特麴的窖齡必須在 30 年以上。新建窖池內的微生物要能經受高酸、高乙醇等極端條件的考驗,適應環境的存留下來,逐漸使窖池成為優良菌種的繁衍地。釀酒產生的黃水不斷向窖泥深處滲透,為微生物的繁衍提供營養。這些操作環節都需要工人的技術素養。窖泥是酒質的關鍵,培養優質的窖泥需要高超的泥窖建造工藝與維護技藝。

麴藥的製作。在過去的小作坊生產時期,在麴藥配料中加入 5%上年優質麴藥作種源,以傳承到下年麴藥中。如此循環往復,麴藥坯中的微生物得到不斷馴化傳承。在當今規模化生產階段,不同發酵階段的麴藥坯微生物與環境微生物不斷相互結合,在區域始終形成麴藥有益微生物菌群優勢,通過自然網羅環境微生物接種方式不斷傳承。以小麥為原料製作麴藥的主要環節有:潤麥外軟內硬,粉碎爛心不爛皮,拌料成團而不散,踩坯光滑而不緻密,安坯寬窄適宜,培菌前緩中挺後緩落,翻坯時機適度,自然積溫,自然風乾等。掌握這些環節都需要熟練的技藝。上世紀 90 年代以來,改進傳統工藝,建起樓盤製坯、樓盤培菌、樓盤發酵、樓盤貯麴、樓盤粉碎、年產量上萬噸的製麴生態園。先後開發出系列麴藥品種,進而從麴藥品種角度推動了濃香型大麴酒釀造技術的進步。

釀造技藝分為原酒釀造摘酒技藝與原酒陳釀技藝。原酒釀造摘酒技藝包括工藝流程、糟醅香味物質沉澱與傳承釀酒技藝、原酒釀造技藝、蒸餾摘酒技藝四個方面。僅以工藝流程為例就有如下環節:糯紅高粱→高粱粉碎→挖糟→糟醅拌糧→糟醅拌糠→糟醅上甑→蒸酒蒸糧→摘酒→糟醅出甑→糟醅攤涼→糟醅拌麴藥→糟醅入窖→封窖發酵→開窖鑒定→糟醅滴黃水→起運母糟→堆砌母糟→挖糟。每一環節的實施,都得具備豐富的經驗與嫻熟的技藝。改革開放以來,在不斷挖掘總結傳統工藝的基礎上,運用現代科學技術和分析手段,剖析了影響白酒風格特徵差異的物質基礎及其機理,創造了一系列新的規模化操作工藝。

勾調即酒的勾兌與調味。這種帶有神秘色彩的專門技藝即使在現代科學高度發展的今天,也不能取代專業人員靠眼觀、鼻嗅、口嘗來完成。歷代釀酒大

師的腳踢手摸、看花摘酒、手撚酒液、口嘗黃水等特殊絕技，都是靠師徒長期口授心傳不斷地經驗積累，無法用語言文字描述。上世紀 50 年代，由傳統糟酒勾兌發展為酒相互摻兌，俗稱「扯兌」，以一定的百分比混合在一個罈中，然後包裝出廠。進入 60 年代，開始使用 5 噸鋁桶進行勾兌組合，然後進行加漿降度，包裝出廠。70 年代，恢復傳統感官鑒定，在若干罈酒之間按各種味覺反應，以人的經驗和酒的量比例關係進行組合，其酒質又有提高。通過不斷實踐發現，選用口感好的酒做調味酒，使用儀器為調味工具，先勾兌小樣，然後按小樣擴大再用於規模化生產，使酒質得到進一步穩定和提高。80 年代以後，勾兌技術運用了現代化科學手段。在驗收基礎酒的方法上，改變了過去只憑感官逐罈鑒定的方法，採用感官、色譜和常規分析基礎酒的數據來綜合驗收，從而提高了產品優質率。

除了窖池必須積累久遠的年代才能提升其質量而外，麴藥、釀造、勾調這三個方面，瀘州老窖在繼承傳統工藝的基礎上，不斷有新的創造和發展。是什麼力量推動釀酒技藝從純經驗到科學化，從小作坊到規模化，使產品質量穩步上升的呢？

《周易‧乾卦‧象》曰：「天行健，君子以自強不息。」中華民族歷經艱難險阻仍不屈不撓繁榮興旺的根本原因，就在於骨子裏存在祖先遺傳下來的自強不息精神。中國人發明釀酒技術數千年，瀘州人釀造老窖大麴 600 多年，釀酒技藝不斷進步的原始動力就是植根於中華傳統文化深厚土壤中的自強不息精神。《禮記‧大學》說：「大學之道，在明明德，在親民，在止於至善。」廣義的大學不限於做學問，學習任何技藝都需要孜孜不倦止於至善的主觀努力。《禮記‧大學》又說：「湯之《盤銘》曰：『苟日新，日日新，又日新。』」因為世間一切事物都在運動變化，不斷新陳代謝，任何技藝都難以達到至善至美，因而人的學習也就必須與時俱進，絲毫不能鬆懈。正是這種文化因子激勵著瀘州老窖不斷改進創新釀酒技藝。《史記‧孔子世家》說：「《詩》有之：『高山仰止，景行行止。』雖不能至，然心嚮往之。」這也是瀘州老窖自強不息敬業精神的真實寫照。

三、中華文化的傳承媒介

據《周禮‧天官冢宰》記載，周代有專門掌管酒的官吏「酒正」和「酒人」。

「酒正掌酒之政令，以式法授酒材。」「酒人掌為五齊三酒，祭祀則共奉之，以役世婦。」《儀禮》所載士冠禮、士昏禮、鄉飲酒禮、燕禮、大射禮、士喪禮、既夕禮、士虞禮、特牲饋食禮、少牢饋食禮都各有用酒的禮節。尤其是鄉飲酒禮，禮節非常繁瑣。這些古代禮節的形式，在瀘州已經蕩然無存，但是這些禮節的文化內核卻在當地形式不同的習俗中以酒為媒傳承至今。

瀘州向來有「以酒成禮」的民俗，凡涉集會與慶典，必以酒作為情感交流的載體。酒會名目繁多：生日酒、祝壽酒、訂婚酒、結婚酒、交杯酒、回門酒、得子酒、滿月酒、百日酒、高升酒（陞官酒、升學酒）、拜師酒、出師酒、謝師酒、結拜酒、報恩酒、團圓酒、賠禮酒、開張酒、分紅酒、接風酒、餞行酒、喬遷酒、迎賓酒、慶功酒、栽秧酒、打穀酒、上樑酒……這些酒會大致可歸納為歡慶、酬謝、紀念三大類。其中訂婚酒、結婚酒、交杯酒、回門酒、得子酒、滿月酒、百日酒反映了當地人出於繁衍後代的需要，對結婚生子非常重視，認為是對先輩盡孝的表現。《孟子·離婁上》：「孟子曰：『不孝有三，無後為大。』」這其實就是儒家文化的傳承。

還有拜師酒、出師酒、謝師酒也是儒家尊師重道觀念的表現。《呂氏春秋·尊師》說：「生則謹養，謹養之道，養心為貴；死則敬祭，敬祭之術，時節為務。此所以尊師也。」《後漢書·孔僖傳》：「臣聞明王聖主，莫不尊師貴道。」唐代《太公家教》說：「弟子事師，敬同於父。習其道也，學其言語……一日為師，終身為父。」過去不少人家廳堂上設有天地君親師牌位，文革中已全部摧毀，但 1985 年全國人大通過了國務院關於建立教師節的提案，尊師重道這一優良傳統得以繼續發揚。

栽秧酒、打穀酒是農業生產關鍵時刻的酒會，事關一年的收成，農民非常重視。《史記·酈生陸賈列傳》說：「王者以民人為天，而民人以食為天。」南北朝時期顏之推《顏氏家訓·涉務》說得更直接：「夫食為民天，民非食不生矣，三日不粒，父子不能相存。」糧食是否充足不僅關乎老百姓的生死，更關係到國家的安危。明太祖朱元璋說：「為國之道，以足食為本……若年穀豐登，衣食給足，則國富民安。」栽秧酒、打穀酒蘊涵著糧食是人民安定、國家富強頭等大事的民本思想。

此外，臨時有了意外喜事燃放鞭炮請客喝酒，稱為「火炮兒酒」。寓意驅除邪氣，喜慶吉祥。有些酒會明顯傳承了中華傳統文化，例如：

豆豆兒酒，指辦理喪事時為酬謝弔喪者而置辦的酒席。過去當地人生活貧困，如果家庭成員突然逝世，毫無準備，只能向親朋好友、左鄰右舍臨時湊點東西辦喪事，常用各種豆豆果果炒來給客人下酒，故稱「豆豆兒酒」。《論語・學而》：「禮之用，和為貴。」一家有事，鄰里相助，是社會人際關係和諧的表現，也是儒家禮儀的傳承。

紅喪酒，家裏有人逝世本是不幸的事，然而逝者如果年逾六十，即視為喜事，俗稱「紅喪」。不但舉行酒會，還搭起帳篷，敲鑼打鼓，出資特邀專業人員演唱川戲或曲藝節目，俗稱「唱玩意兒」，連唱三天三夜。

復三酒，逝者下葬後第三天，親屬到墳前插香燭，燒紙錢，陳列整塊熟豬肉（俗稱「刀頭」）、整隻熟雞、各種糧食製作的糕餅、煮熟的雞蛋（俗稱「孝子蛋」，逝者後代直系子女一人一個）、潑水飯（米飯加生水盛飯碗裏，連碗帶水飯一起潑在墳側）、燒酒或曲酒斟滿酒杯置於墳前進行跪拜祭祀。祭祀結束後，除孝子蛋外，圍觀群眾可任意拿走其他祭品。

過年酒，每年除夕舉行家祭，祭桌上一定有豬、雞、魚烹製的食品，八碗米飯八杯白酒八雙竹筷八隻湯匙。任何人不得喧嘩不得靠近桌椅。桌子上方擺放香燭，最年長者領頭，先男後女，依次舉行三跪九叩跪拜大禮。同時焚燒用白紙封好，封面寫好過世祖宗、親屬名諱的紙錢袋。祈求天地神靈和祖宗保佑全家平安，來年好運。

這些看似迷信的酒會，其實是血緣關係和家族文化的傳承延續。《論語・學而》說：「曾子曰：『慎終追遠，民德歸厚矣。』」曾子教導人們要慎重地辦理父母喪事，虔誠地祭祀遠代祖先，就是告誡人們不要忘本，這樣才能民風淳厚。過去修族譜，在宗祠裏祭拜祖先，也是為了血緣和家族文化的傳承。

除了祭祀、喪事之外，酒會的娛樂活動通常是揸拳。兩個人各自舉起右手，一面變換指頭表示數目，一面嘴裏呼喊酒令，手口配合，同時出拳。揸拳有習俗上的禁忌：凡伸手指均不能不伸拇指，否則會被視為不禮貌；與上級領導、長輩揸拳，樣拳和第一手出拳頭，會被認為不敬；父與子不揸拳；見面拳一般是十二拳，喊拳必須在九拳（諧音九泉）之上，不能在九拳之下；碰了杯的酒要一飲而盡，不能放回桌上或不喝完。酒令從一到十依次是：一枝梅、二紅喜、三桃園、四季財、五經魁、六連順、七巧巧、八仙壽、九連環、十全美。這些禁忌和酒令蘊涵如下理念：

1. 對人的尊重，包括對上輩與平輩的尊重；
2. 對美德的敬仰；
3. 對美好生活的追求。

追求美好生活是全人類的共同目標，而美好生活包括物質與精神兩個層面。創造物質財富需要強大的精神動力支持，中國人一直把儒家「五常」作為道德修養的規範。漢代王充《論衡・問孔》說：「五常之道，仁、義、禮、智、信也。」中國自古以來就是禮儀之邦，瀘州的搳拳以賽酒的形式傳承了古老的道德觀念。

四、文學藝術的靈感鑰匙

文學藝術並非因酒而產生，但作家、藝術家、詩人因酒觸發靈感而創作出優秀作品則不乏其例。陶潛《歸去來兮辭》、張旭狂草《肚痛帖》、李白《將進酒》，莫不與酒相關。杜甫《飲中八仙歌》描繪了李白、張旭、賀知章等八人飲酒創作的生動形象，可見酒與文學藝術自古就有不解之緣。

酒是祭祀、宴飲必備之物，中國殷商時期就有了製作精美的青銅酒器。瀘州漢代墓出土的陶角杯製作粗糙沒有紋飾，但瀘州納溪區上馬鎮出土的漢代青銅溫酒器卻十分精美。社會底層的人對酒具不會講究，而社會上層的人卻不能不講究，祭祀天地神靈、諸侯宴飲，莊嚴的儀式對酒具都要求精美而不失身份。因此，飲酒層次的差異推動了酒具藝術化的演進。漢代青銅溫酒器長 35 釐米，寬 27.5 釐米，高 26 釐米，重 9 公斤。造型吸收了龍、虎、獅、豹、鹿的形象特徵，鷹鉤鼻，圓瞪雙眼，昂頭張口翹尾，頸項、腰間繫有裝飾帶，典雅高貴，腰兩側所負圓鼓相互對稱，體內鏤空，有供液體循環的缺口和氣孔，設計獨特，工藝複雜，為中國古代酒器中的孤品，被命名為麒麟溫酒器。顯然，如此精美的溫酒器是統治階級祭祀、宴飲特殊需要催生的藝術珍品。

1994 年 1 月，國務院授予瀘州國家歷史文化名城稱號，瀘州作為文化名城的底蘊，是歷代文學家因酒觸發靈感而創作的大量優秀詩詞。漢代辭賦家司馬相如《清醪》：「昊天遠處兮彩雲飄拂，蜀南有醪兮香溢四宇。」「蜀南有醪」指瀘州有「醪糟」，即糯米酒。他讚美瀘州糯米酒「香溢四宇」。唐開元十二年（公元 724 年）李白乘舟經江陽（今瀘州）留下詩篇《江行寄遠》：「刳木出吳楚，危槎百餘尺。疾風吹片帆，日暮千里隔。別時酒猶在，已為異鄉客。思君不可

得，愁見江水碧。」「別時酒」即瀘州之酒。永泰元年（公元 765 年）杜甫從成都乘舟路過瀘州，寫下《瀘州紀行》：「自昔瀘以負盛名，歸途邂逅慰老身。江山照眼靈氣出，古塞城高紫色生。代有人才探翰墨，我來縈纏結詩情。三杯入口心自愧，枯口無字謝主人。」「三杯入口」不能無字，瀘酒激發了詩人感激之情，故而創作名篇。五代詞人韋莊《菩薩蠻》：「瀘川杯裏春光好，詩書萬卷偕春老。清酒一壺提，此時心轉迷。黃鶯休見妒，枝頭喜相撲。一醉臥殘陽，彌菱我最癡。」韋莊筆下，連黃鶯也會妒忌他享受瀘川（今瀘州）美酒的快樂。蘇軾《浣溪沙·夜飲》：「佳釀飄香自蜀南，且邀明月醉花間，三杯未盡興尤酣。夜露清涼攬月去，青山微薄桂枝寒，凝眸迷戀玉壺間。」蜀南佳釀即瀘酒，令大文學家不但「興尤酣」，而且「迷戀玉壺間」。到過瀘州的黃庭堅、陸游、范成大、文同都留下了讚美瀘酒的詩篇。

不過，李白、杜甫、蘇軾、陸游等人所飲瀘酒並非瀘州老窖所產，真正品嘗到瀘州老窖大麴酒，並因酒觸發靈感而創作出大量優秀作品的文學家，首推明代第一才子楊慎。他在瀘州送別友人作詩《寒夕與簡西嘗小酌別》：「豔曲縈弦別思長，華燈相對少輝光。江陽酒熟花如錦，別後何人共醉狂。」表明瀘州老窖大麴酒已臻妙境，達到令人醉狂的地步。《詠江陽八景送客還滇南·荔林書錦》是他描寫瀘州八景的詩歌之一，其詩有句云：「玉壺美酒開華宴，團扇薰風坐午涼。」可見瀘州老窖大麴為當時宴飲珍品。楊慎在瀘州寓居十年之久，在學問上有多方面的建樹，僅《升菴文集》（明萬曆十年蜀刻本）和《升菴遺集》（明萬曆三十四年蜀刻本）所收的瀘州山水詩就多達二百餘首。這不能不令人感受到瀘州老窖大麴酒對詩人的激勵和啟發作用。

乾隆五十七年（公元 1792 年）清代著名詩人張問陶從北京返四川，船泊瀘州城下，飲酒吟詩，以三首七絕描繪出 200 年前酒城風貌：

> 城下人家水上城，酒樓紅處一江明。
>
> 銜杯卻愛瀘州好，十指寒香給客橙。
>
> 旃檀風過一船香，處處樓臺架石樑。
>
> 小李將軍金碧畫，零星摹出古江陽。
>
> 灘平山遠人瀟灑，酒綠燈紅水蔚藍。
>
> 只少風帆三五疊，更餘何處讓江南。

對瀘州文化的傳承發展離不開瀘州老窖大麴酒，詩人們在飲酒吟詩的同時，把瀘州的自然環境、人造景觀、風俗、物產乃至人的情感通過詩歌表達出來，讓後人能夠從中得知先輩的信息，從中汲取有益的營養，獲得文化自信和文化創新的力量。

結　語

任何事物都有兩面性，酒能活血通瘀，振奮精神，也能令人頭暈腦脹，神經麻痺。瀘州老窖大麴酒及其釀造技藝，可以讓人感受到人與自然的和諧、自強不息的精神、源遠流長的古老文明、璀璨動人的文藝華章，同時也存在文化喪失的危險。明末張獻忠為獲取老窖大麴酒，從成都率兵攻破瀘州，幸而窖池尚存，否則今天何來 400 年老窖？因此，珍愛和保護古代優秀文化是每個中國人的責任。不僅如此，研究者還應當從中提煉有益的營養，使之發揚光大，成為我們整個民族的精神財富。

參考文獻

1. ［清］阮元校刻，《十三經注疏》［M］，北京：中華書局，1980 年。
2. ［漢］司馬遷，《史記》［M］，北京：中華書局，1959 年。
3. ［南朝‧宋］范曄，《後漢書》［M］，北京：中華書局，1965 年。
4. 北京大學《荀子》注釋組，《荀子新注》［M］，北京：中華書局，1979 年。
5. 《明太祖實錄‧卷 21》［M］，北京：中華書局，1983 年。
6. 楊辰，《可以品味的歷史》［M］，西安：陝西師範大學出版總社有限公司，2012 年。
7. 趙永康，《楊升庵與瀘州》［M］，成都：四川大學出版社，2017 年。

定稿於 2021 年 7 月 12 日。

分水油紙傘文化初探

摘 要

　　分水油紙傘純手工製作工藝蘊涵豐富的文化信息：「天人合一」的哲學思想，精益求精的敬業精神，正氣凜然的道德觀念，圓滿喜慶的幸福追求，雅俗共賞的藝術風格。因此，油紙傘純手工製作工藝作為國家非物質文化遺產，是中華民族寶貴的精神財富。

關鍵詞：分水；油紙傘；文化

引 言

　　分水油紙傘產於中華人民共和國四川省瀘州市江陽區分水嶺鎮，起源於明末清初，距今已有 400 多年歷史。中國人使用的傘相傳是魯班之妻雲氏發明，最初用竹節、獸皮或樹皮製作。造紙術發明以後，用竹節、皮紙和桐油製作油紙傘。油紙傘在唐代由中國傳入日本、朝鮮，於明代成為市井大眾的實用對象。北宋沈括《夢溪筆談》有「以新赤油傘，日中覆之」的記載，明末科學家宋應星《天工開物》說：「凡糊雨傘與油扇，皆用小皮紙。」可見油紙傘在中國已有一千多年的歷史。清光緒八年（公元 1882 年）編撰的《直隸瀘州志・卷第三》載：「瀘製紙傘，頗為有名。城廂業此者二十餘家，崇義分水嶺亦多此業，而以分水嶺所製為佳。」民國年間，油紙傘的製作由分水嶺擴展到彌陀、泰安、沙灣、藍田、小市、城廂等地，極盛時有傘廠 60 多家。上世紀 40 年代，大河

街皇后傘廠生產的花傘、分水嶺生產的龍鳳傘頗負盛名。60 年代最高年產 28 萬把，遠銷日本、東南亞和美國。

由於現代工業革命，機器生產的鋼架傘、尼龍折疊傘興起使中國境內傳統手工生產的油紙傘市場萎縮，工廠倒閉，製傘工藝瀕於失傳。目前，中國全套手工製作的油紙傘只有四川瀘州江陽區分水嶺鎮的分水油紙傘碩果僅存。2008 年 6 月，分水油紙傘獨特的純手工製作工藝被中華人民共和國國務院公布為「國家非物質文化遺產」而予以保護。2014 年 2 月 13 日，原國家質檢總局批准對分水油紙傘實施地理標誌產品保護。但是，熟悉分水油紙傘製作工藝的人員本就不多，而且這些人員年事已高，很快就會退出歷史舞臺，因此，獨特工藝的搶救迫在眉睫，它的文化內涵以及藝術價值更須要研究。有關分水油紙傘介紹性的文章不少而專題研究其文化內涵的論文尚付闕如，為此，本文試做如下初步探索。

一、人與自然合一的生態學思想

瀘州市位於四川盆地南緣，永寧河、赤水河、沱江與長江交匯處。地理座標北緯 27°39'～29°20'，東經 105°8'～106°28'。東接重慶和貴州，南與貴州相連，西與雲南和四川的宜賓、自貢接壤，北連重慶與四川的內江。地形以丘陵為主，海拔 500～1902 米。亞熱帶濕潤氣候，氣溫較高，日照充足，雨量充沛，四季分明，無霜期長，適宜竹木生長。

遍布瀘州的竹林，不僅為當地人民提供了竹筍、蘑菇等食品，而且為製作竹椅、竹簍、竹筷、竹笠、竹簟、筲箕、紙張、油紙傘等等生活用品提供了豐富的天然資源。分水油紙傘的製作原料都是當地土產，瀘州的自然地理環境和自然資源為製作油紙傘提供了竹木、桐油和皮紙等天然原料。伐竹為傘，並不損傷竹的根系，反而促使新竹成長。何況採伐的竹材數量比起漫山遍野的蜀南竹海來，可謂九牛一毛，微乎其微。數百年來，當地人民一方面取竹為器，靠竹生存；另一方面又維護竹木自然生態，使其枝繁葉茂，生生不息。這樣，人與自然在長期的磨合中形成了和諧共存的動態整合關係。

竹林生態在人的維護下自然繁衍生生不息，人在竹林庇護下生活環境和生活水平不斷優化，這種動態整合關係互利互惠，顯現了人與自然處於同一個生態系統之中和諧共存的良好態勢，說明人與自然是一個整體。這種簡單樸素的

辯證關係蘊涵著中國人從春秋以來形成的「天人合一」的哲學思想。《莊子・齊物論》說：「天地與我並生，萬物與我為一。」天、地、人都是自然的一部分，因此《莊子・外篇・山木》引用孔子的話說：「有人，天也；有天，亦天也」，天人本是合一的。2018 年 5 月 18 日習近平總書記在全國生態環境保護大會上發表重要講話，引用莊子「天地與我並生，萬物與我為一」的名言，並且指出：當人類合理利用、友好保護自然時，自然的回報常常是慷慨的；當人類無序開發、粗暴掠奪自然時，自然的懲罰必然是無情的。人類對大自然的傷害最終會傷及人類自身，這是無法抗拒的規律。

鋼架傘、尼龍折疊傘用機器全自動流水線大量快速製造，不必花費巨大的人力和相當長的時間，商業價值不言而喻，但是，製造鋼架必須採礦高溫冶煉，必然破壞原始山陵自然生態，製造尼龍化纖必然產生毒素污染空氣，而且廢棄的尼龍化纖不能降解，長期污染環境，對人類的生存和發展造成威脅。分水油紙傘用純天然原料製造，來自自然又回歸自然，對人類和環境沒有任何損害，這顯然得益於「天人合一」哲學思想的正確引導和製造者對這一傳統哲學理念的執著堅持。這是中華民族寶貴的文化財富，也是值得全人類共同關注的人與自然合一的現代系統生態學思想。

二、精益求精的敬業精神

分水油紙傘對原料的要求很嚴格。製傘骨（包括傘批與傘撐）和跳子必須是三年以上楠竹，傘杆必須是兩年以上水竹；傘頂、傘託、傘柄採用岩桐木、松木、香樟木；穿傘的彩線和傘穗採用純棉；覆蓋傘面和傘邊的紙張採用枸樹樹皮製成的手工綿紙（即皮紙）；刷傘面必須用加有保密配方的熟桐油。製作一把素傘（即普通傘）需要經過 70 多道工序，精緻傘則需要 100 多道工序，有經驗的師傅製作一把素傘耗時至少半個月。成品傘色彩鮮艷油亮，透光好，能經受每小時 8～15 毫米雨量連續沖刷 12 小時，或在攝氏 40～43 度高溫下連續曝曬 6 小時不變形；每秒 8～13.8 米的六級大風逆吹 6 小時，傘柄不斷，傘批不起頂；清水浸泡 24 小時不脫骨；反覆撐收 3000 次不損壞。

分水油紙傘性能如此卓越來自師傅們的精心製作，且不說精細複雜的傘頂、傘批、傘撐、傘託的製作工藝與對接，就以相對簡單的拓印圖案為例，拓印一個圖案至少反覆 3～4 次，每次完成須陰晾 2 小時以上才能進行下一環節

的操作，每完成一次，圖案色澤就有所增加，呈現濃淡變化而富於層次感。傘面內外必須刷桐油才能防水防蛀透光，但分水油紙傘所用並非純桐油，而是加有用鮮桐籽外殼浸泡製成的柿子油。刷油的工序「一上二下」，用軟毛刷蘸油自傘頂向傘邊塗薄薄一層油，陰晾 1 小時後再從傘邊向傘頂塗一次，陰晾 2 小時後，再從傘頂向傘邊再塗一次油，陰晾 4 小時才算完成上油工序。彩絲穿傘繼承了 400 年前「貢傘」精緻複雜的裝飾針法，一把傘的傘撐穿線分為七個層次，從下至上第一層稱為扯犢子，第二、三層稱為斜絨，第四層稱為鼓鼓，第五層稱為五梅花，第六層稱為雞下巴，第七層稱為天盤。每把傘至少穿線 2000 針，每一層顏色圖案都不同，每把傘彩絲顏色無重複，每層花型的穿線針法各有講究。

　　如此精密嚴格的製作程序源於對中華民族自古以來所具有的精益求精敬業精神的尊重與傳承。對高雅君子研究學問執著敬業的讚美歌頌見於春秋時期《詩·衛風·淇奧》：「瞻彼淇奧，綠竹猗猗。有匪君子，如切如磋，如琢如磨。」孔子非常讚賞君子的治學態度，他引用《淇奧》的詩句給學生講述治學的道理。《論語·學而》：「《詩》云：『如切如磋，如琢如磨。』其斯之謂與？」南宋理學家朱熹《四書章句集注》給孔子的這段話加注：「言治骨角者，既切之而復磋之；治玉石者，既琢之而復磨之，治之已精，而益求其精也。」他把「如切如磋，如琢如磨」這種治學態度昇華為精益求精的敬業精神。千百年來，這種精神得到中國各族人民認同，已經不限於做學問，而是融匯到中華民族的心靈深處，滲透到生活和工作的各個領域各個方面，成為中華民族共同的精神文化。分水油紙傘精湛的工藝水平正是精益求精敬業精神的文化表徵。

三、正氣凜然的道德觀念

　　分水油紙傘的傘面色彩主要使用五種顏色：紅、黃、藍、白、黑。使用這五種顏色並非依據現代色彩學黑、白加上紅、黃、藍三原色的理論，而是源於中國古代與色彩對應的道德觀念。色彩為什麼與道德發生關係呢？這就不能不提到中國古代的五行學說。五行學說是廣泛聯繫哲學、曆法、預測學、中醫學、倫理學、社會學等等諸多學科於一體的系統理論。《書·洪範》記載箕子與周武王的對話：「五行：一曰水，二曰火，三曰木，四曰金，五曰土。水曰潤下，火曰炎上，木曰曲直，金曰從革，土爰稼穡。潤下作鹹，炎上作

苦，曲直作酸，從革作辛，稼穡作甘。」這裡，五行「水、火、木、金、土」與五味「鹹、苦、酸、辛、甘」分別對應聯繫起來。《書·益稷》：「以五采彰施於五色，作服，汝明。」孫星衍疏：「五色，東方謂之青，南方謂之赤，西方謂之白，北方謂之黑，天謂之玄，地謂之黃，玄出於黑，故六者有黃無玄為五也。」五色「青、赤、白、黑、黃」與五方「東、南、西、北、中」也對應起來。《黃帝內經》認為：木，在色為青，為木葉萌芽之色；火，在色為赤，為篝火燃燒之色；土，在色為黃，為地氣勃發之色；金，在色為白，為金屬光澤之色；水，在色為黑，為深淵無垠之色。於此可見五色「青、赤、黃、白、黑」與五行「木、火、土、金、水」的對應聯繫。

自古以來中國人對玉的崇拜，是因為玉具有優良的品質。《詩·秦風·小戎》「言念君子，溫其如玉」漢代鄭玄箋：「玉有五德。」唐代孔穎達疏引《聘義》：「君子比德於玉焉，溫潤而澤，仁也；縝密以栗，知也；廉而不劌，義也；垂之如墜，禮也；孚尹旁達，信也。」玉的五種物理屬性被比喻為高雅君子的五種品德：仁、知、義、禮、信。古代陰陽家把木、火、土、金、水五行視為五德，認為歷代王朝各代表一德，按照五行相生相剋的順序，交互更替，周而復始。這樣，五德與五行、五色自然形成了對應關係。這五種品德進一步被確定為封建時代每個人必須遵守的道德規範：「五常」。漢代王充《論衡·問孔》說：「五常之道，仁、義、禮、智、信也。」除了人人必須遵守的「五常」道德規範，對不同領域的人，「五德」各有不同的道德內涵。《論語·學而》「夫子溫、良、恭、儉、讓以得之」何晏《集解》引漢代鄭玄曰：「言夫子行此五德而得之。」溫、良、恭、儉、讓既是孔子所具有的優良品質，也是所有儒家子弟應當遵循的道德準則。《孫子·始計》：「將者，智、信、仁、勇、嚴也。」三國魏曹操注：「將宜五德備也。」智、信、仁、勇、嚴是對統兵將帥的道德要求。總而言之，五色絕非單純的色彩，它所蘊涵的其實是人們對高尚人格和道德的尊崇與追求。

正因為古人以五色為高尚人格和道德的象徵，所以青、赤、黃、白、黑是正色，其他顏色被視為邪色。正邪兩類色彩的分野，與人的道德優劣相互對應。堅持以正色作為裝飾傘面的主要色調，表現了當地民眾對中華民族自古以來的道德觀念的尊崇與執著傳承。五色之中赤色最受瀘州人青睞，當地民眾認為赤色能驅惡避邪，保障人體健康平安。小孩子繫紅兜肚，婦女穿紅裙，

不僅美觀，而且避邪。小孩子生病，父母往往去百年老樹上繫紅布條，以求驅除病魔，恢復健康。正因為如此，明末清初直到民國時期，分水油紙傘都是單一的品種：大紅傘。大紅傘不僅做工精緻品質優良，而且旅行者帶著它長途跋涉不懼風雨，因為內心充滿凜然正氣，一切妖魔鬼怪歪風邪氣都會躲得遠遠的。

四、圓滿喜慶的幸福追求

「油紙」諧音「有子」，有子才能人丁興旺，這是人類生存繁衍的保障，也是每個家庭的美好願望。分水油紙傘的名稱反映了當地民眾對家庭美滿生活幸福的追求。而且，分水油紙傘的傘面沒有採用多邊形而一直保持圓形，同樣寄託了人們內心的理想：圓滿幸福。「伞」的繁體字是「傘」，字形五人相聚，寓意多子多福，五子登科。傘杆為竹節，寓意竹報平安，節節高升。

紅色從明末清初以來一直是分水油紙傘唯一採用的色調，400多年間一直受到各地民眾的喜愛，這絕非偶然。遠古的祭祀活動宰殺人和牲畜，把紅色的鮮血塗抹在身體和祭器上，認為可以驅魔避邪。祭祀活動賦予紅色神秘力量的現實佐證，就是當地民眾祭祀亡靈時，砍掉公雞的頭，把雞血灑在地上以為可以驅除惡鬼。中國人認為紅色是喜慶的顏色，這源於遠古對太陽的崇拜。因此，紅色象徵光明、熱烈、生長、繁盛，帶給人們生存發展的希望。紅色在五行中對應的是火，火是一把雙刃劍，它既可讓人溫暖，又能把人毀滅，這就使紅色具有決定人們生死的絕對權威。皇帝的朱批是紅色，皇宮的柱子、牆壁也是紅色，紅色象徵著尊貴和莊嚴。

天高皇帝遠，權位尊嚴跟老百姓的關係遠比不上對喜慶、吉祥的追求。在當地民眾的婚慶喜事中，婚禮上的紅蓋頭、紅嫁衣、紅喜字、紅燈籠、紅蠟燭等等，寄託了人們對新婚夫妻的美好祝福，希望新婚夫妻日子過得紅紅火火，幸福吉祥。還有過年貼的紅窗花和家家門上的紅紙春聯，元宵節懸掛的大紅燈籠和扭秧歌舞的紅綢帶，舉辦家庭紀念活動邀請親朋好友的紅色請柬，開業剪綵儀式上的大紅繡球和紅綢帶，英雄模範佩戴的紅披帶和大紅花等等，都體現了人們對喜慶、吉祥的追求。

19世紀初由於德國石印技術的傳入，分水油紙傘由單一品種的大紅傘增添了花傘的製作。花傘拓印圖案的石板均是產於四川境內的花崗岩大理石，而拓

印傘面最常用的圖案有吉祥二子、花開富貴、雙鳳朝陽、二龍戲珠、喜鵲鬧梅。常用的紋樣有象徵富貴的龍紋和鳳紋，象徵吉祥的雲紋。收入圖案的動物有象徵富貴的龍、鳳、麒麟；象徵長壽的仙鶴、蝴蝶；象徵吉祥的喜鵲、孔雀；象徵福氣的蝙蝠；象徵愛情的鴛鴦。花傘仍然保持大紅傘傘面的圓形，寓意圓滿幸福，而圖案和紋樣則豐富和擴展了大紅傘原有的喜慶範疇，多方面表達了當地民眾對圓滿喜慶的幸福生活的追求。

五、雅俗共賞的藝術風格

按照使用層面與製作工藝的不同，分水油紙傘分為平傘、花傘、精傘、技傘、形傘五類。

平傘又稱素傘或普通傘，顏色通常用大紅、玫瑰紅、綠、白四種。大紅用於婚嫁喜慶，白色用於喪葬禮儀。

花傘是對傳統平傘改良創新的突破，引進了石板彩印的新工藝，傘面出現了裝飾圖案，使油紙傘不但具有防曬擋雨的實用價值，而且具備圖案紋樣的審美功能。

精傘名副其實，因為工藝精良，圖案精美，又稱為精裝傘。圖案紋樣比花傘更為飽滿精緻，色彩更為豐富細膩，石板拓印顏色達到五次以上。精傘又細分為半穿傘、滿穿傘、精緻傘三個種類。最初平傘與花傘的傘撐裸露沒有穿彩絲裝飾，現在穿上第一層「扯犢子」和第二、第三層「斜絨」。半穿傘的傘撐彩絲穿到第四層「鼓鼓」，滿穿傘的傘撐穿滿七層彩絲花型。精緻傘的裝飾性達到極致，傘撐不但穿滿七層彩絲，每根撐子末端都鑽孔鑲弔玉珠、玉元寶、玉貔貅等吉祥物，傘柄末端弔掛不同花樣的中國結，象徵喜慶吉祥。

技傘是手造紙纖維傘，又稱為竹筒傘。手造紙纖維是以毛竹與嫩楠竹內層纖維為原料，經過浸泡手工打製成紙漿，在紙漿初步成型時，加入各類植物根莖或其他纖維，經過晾曬後製成毛傘紙。毛傘紙陰晾後塗刷2～3遍薄桐油，再次晾乾裱糊傘面後，塗刷稀釋的豆漿水，這樣傘面在光線下透徹瑩潤，顯現出紙張中的自然植物纖維。大部分技傘傘面採用白色半透明毛傘紙，少部分技傘在塗刷第1遍桐油後加塗一層粉紅或淡綠色。

形傘分為戶外用傘與八角傘，傘面撐開直徑寬大，多用於商業宣傳。2016年8月11日，分水油紙傘法定傳承人畢六福製作的高10米、直徑16米、重約

750 公斤的傘王豎立在廣西陽朔縣戲樓前，成功挑戰吉尼斯世界紀錄。這是目前世界上最大的純手工製作的油紙傘。

傘的種類和製作工藝的多樣性適合不同領域、不同場合、不同文化、不同審美趣味、不同經濟地位使用者的需要。平傘和花傘因為質優價廉而受到普通老百姓的歡迎；精傘因富於藝術性而為文化層次高、經濟條件好的人所欣賞；技傘對中國傳統秘藝有特別鑒賞眼光的人頗具吸引力；形傘專為有特殊需求的公司、部門舉辦的各種展覽會、招商會、推銷會、文藝匯演活動訂製。老年人至今摯愛驅惡避邪的大紅傘；姑娘們喜歡價廉物美、五彩繽紛的花傘；有一定文化教養和經濟地位的人對精傘的需求已經忽略了傘的實用價值，常常作為贈送親朋好友的禮品。各種展銷會把精傘作為布置會場的裝飾品，文藝表演則把精傘作為舞蹈的道具。

土生土長的分水油紙傘，圖案和紋樣一方面保持傳統題材，另一方面吸收了中國文人畫派的標誌性圖案：荷花和蓮花。《詩・鄭風・山有扶蘇》：「山有扶蘇，隰有荷華。不見子都，乃見狂且。」詩中荷花是愛情的象徵。宋代周敦頤《愛蓮說》認為「蓮，花之君子者也」，因為它「出淤泥而不染，濯清漣而不妖，中通外直，不蔓不枝，香遠益清，亭亭淨植，可遠觀而不可褻玩焉」。因此，荷花和蓮花成為君子的象徵。文人畫派推崇的梅、蘭、竹、菊四君子也是常用的傘面圖案。這就使分水油紙傘的文化品位從世俗大眾提升到文化階層。近年來，經過加工的青花瓷、剪紙、京劇臉譜、皮影戲造型、卡通圖案、荷蘭印象派畫家梵高名作星空圖案，吸引了不同文化、不同職業、不同階層民眾的關注。傘面圖案廣泛吸收中外其他藝術門類的豐富營養，逐步形成了分水油紙傘雅俗共賞的藝術風格。

結 語

分水油紙傘純手工製作工藝作為國家非物質文化遺產，是中華民族寶貴的精神財富，它已經走過了 400 多年的旅程。當全中國的手工傘廠紛紛倒閉的時候，分水油紙傘的法定傳承人畢六福僅僅靠個人的堅持，才僥倖為中華民族保存下唯一的純手工製傘工藝的標本，難怪被專家稱為「中國民間傘藝的活化石」。其實，中國民間的傳統技藝何止油紙傘。由於現代科技日新月異，許多不為人知的傳統工藝銷聲匿跡，這是不可彌補的文化損失。民間的傳統文化究

竟能不能經受住經濟大潮的衝擊，分水油紙傘還能走多遠，這都不以人的意志為轉移。我們要做的是儘量收集整理研究民間一息尚存的優秀文化資源，為我們的子孫後代留下寶貴的精神文化遺產。

參考文獻

1. ［宋］沈括，《夢溪筆談》[M]，北京：中華書局，2009 年，第 45 頁。
2. ［明］宋應星著，潘吉星注譯，《天工開物》[M]，上海：上海古籍出版社，2008 年，第 154 頁。
3. 郭慶藩輯，王孝魚整理，《莊子集釋》[M]，北京：中華書局，1961 年。
4. ［清］阮元校刻，《十三經注疏》[M]，北京：中華書局，1980 年。
5. 文靜，《四川瀘州分水油紙傘傳統工藝的獨特性研究及設計轉型的可行性分析》[M]，重慶大學碩士學位論文，2010 年。

定稿於 2021 年 7 月 17 日。

雨壇彩龍的文化內涵

摘　要

　　雨壇彩龍是當地民眾從生活勞動與傳統文化的沃土中創造並發展起來的民間藝術。豐富多彩的現實生活與中華民族優秀傳統的文化內涵，是其藝術造型和舞蹈技藝不斷進步的深層動力。雨壇彩龍的文化內涵包括四個方面：「天人合一」的哲學理念；人性情感的形象表現；自強不息的創新意志；合力團結的奮鬥精神。

關鍵詞：雨壇；彩龍；文化內涵

引　言

　　雨壇彩龍是中國四川省瀘州市所轄瀘縣雨壇鄉保存的民間傳統文化習俗。雨壇鄉地處瀘縣、榮昌、隆昌三縣交界的龍洞山上，自古以來就有設壇舞龍以求風調雨順、五穀豐登的祭祀活動，雨壇鄉因此得名，雨壇彩龍在民間也就成為吉利祥和的象徵，以舞龍的方式來祈求平安和豐收的習俗因而代代相傳。

　　改革開放以來，雨壇彩龍曾多次參加全國各種大型慶典活動，並於 1985 年被國家編入《中國民族民間舞蹈集成》一書。2006 年 5 月 20 日，瀘縣雨壇彩龍經中華人民共和國國務院批准列入第一批國家級非物質文化遺產名錄。在 2006 年 11 月 13 日中國文聯第八次代表大會、中國作家協會第七次代表大會聯歡晚會上，胡錦濤親自為瀘縣雨壇彩龍點龍眼，體現了黨和國家領導人對民間

傳統文化的關懷。近年來雨壇彩龍引起一些研究者的興趣，他們有的從舞蹈藝術，有的從體育活動，有的從商業運作、有的從文旅角度提出了不少有益的建議，但是，雨壇彩龍最重要的核心價值——文化內涵卻沒有得到系統發掘與研究，這是很可惜的。本文通過對雨壇彩龍歷史和現狀的考察，認為雨壇彩龍的文化內涵至少包括以下四個方面：「天人合一」的哲學理念；人性情感的形象表現；自強不息的創新意志；合力團結的奮鬥精神。

一、「天人合一」的哲學理念

中國民間傳承的龍並非動物學意義上的龍，而是遠古氏族社會華夏民族所崇拜的圖騰。1987 年河南濮陽西水坡仰韶文化遺址發掘了一座 6000 多年前的大墓，在男性墓主人身邊有一條用蚌殼堆塑的龍，這是迄今為止發現的最早的龍。圖騰是原始社會中一個氏族的標誌，氏族成員相信自己的祖先是一種特定的動物、植物或其他物體的化身，這種物體就成為氏族祖先的象徵和保護神。據古代文獻記載，中國不少氏族如遠古的黃帝、炎帝的氏族，共工氏、祝融氏、堯、舜、禹的氏族都以龍為圖騰，中華民族因而稱為龍的傳人。

由於原始社會生產力低下和知識的侷限，原始人類對強大而神秘的自然產生崇拜與敬畏，催生了原始宗教和巫術。原始宗教認為自然萬物都是有靈的，神靈掌握著宇宙間的一切權力，可以福佑人類，也可以懲罰人類，但人們可以通過巫與神相通，向神祭祀，求得神的庇護和幫助。由此產生了對神靈的獻祭活動。現代中國人對龍的崇拜與敬畏可以說是遠古圖騰文化的傳承與延續。

雨壇彩龍所在的瀘縣被稱為中國龍文化之鄉。境內出土了漢代龍雕石棺以及大量宋代青龍石雕藝術品，縱橫交錯的河流上遍布明清所建雕藝高超的龍橋179 座，其中 47 座屬國家重點文物，為全國之冠。最負盛名的龍腦橋位於瀘縣西北大田場的九曲河上，始建於明代洪武年間，至今已有 600 多年的歷史。橋長 54 米，高 4.5 米，有 12 個橋墩，十三孔。中部的 8 個橋墩上，有二麒麟、一獅、一象、四龍所組成的大型石雕藝術群，為國家重點文物之瑰寶。位於龍洞山上的瀘縣雨壇鄉，因其遠離河流，水資源匱乏，故常年乾旱，這是一個缺水的鄉鎮，一片視雨為神靈的地方。據《永樂大典》記載，瀘縣雨壇鄉歷來旱災頻繁，備受旱災折磨的當地農民便繼承中華民族崇拜龍圖騰的古老傳統設壇

求雨，於是鄉以雨壇為名，人以祈求神靈為助，一種莊重的儀式在頂禮膜拜後被神化進而演變成民間的一種傳統習俗，數百年來每逢天旱，當地百姓都會舞龍祭拜求雨。當地人直至現代依然信奉這種舞龍祭祀。

雨壇鄉設壇求雨舞龍絕非偶然，這與瀘縣的自然地理環境和氣候密切相關。瀘縣地形以丘陵為主，河流眾多，亞熱帶季風氣候明顯。夏季多雷雨，河水暴漲，經常淹沒農田，因此瀘縣境內幾乎所有的河流之上都修建了有龍雕的石橋。當地農民相信龍橋橫臥河流之上，河水就不會泛濫成災。丘陵高處的農田當然不會遭水淹，但水源完全靠天。天不降雨，莊稼就會旱死。雨壇鄉地處龍洞山上，莊稼沒有河水灌溉，向天求雨就是唯一的選擇。當地農民非常清楚：天適時降雨五穀豐登人就能生存；天不降雨莊稼旱死人就得餓死。人的死活與天是否降雨連在一起，設壇祭祀既表達了對上天和祖宗的崇拜與敬畏，更凸顯了通過人的努力祈求上天祛災賜福的願望。舞龍就是當地人以實際行動向上天抒發內心願望的生動表現。

生長在特定自然環境中的人必然受特定環境條件制約，也受生產力水平的制約，在雨壇農民尚不具備消除旱災能力之際，舞龍以實際行動表達祈求上天祛災賜福的願望，是一種積極心態的表現，因為當地農民認為舞龍能夠感動上天。實際上，從古以來的求雨活動，靈與不靈俱有，甚至求雨不靈而焚巫的甲骨卜辭並不罕見。為什麼求雨不靈而設壇祭祀並未因此停息呢？那是因為中國人對人與自然的關係具有一種傳統的理念：「天人合一」。《莊子‧齊物論》說：「天地與我並生，萬物與我為一。」天、地、人都是自然的一部分，因此《莊子‧外篇‧山木》引用孔子的話說：「有人，天也；有天，亦天也」，天人本是合一的。《易‧說卦》最早提出「三才之道」的學說：「是以立天之道，曰陰曰陽；立地之道，曰柔曰剛；立人之道，曰仁曰義。」《易經》認為天有天之道，天之道在於「始萬物」；地有地之道，地之道在於「生萬物」。人不僅有人之道，而且人之道的作用就在於「成萬物」。」《易經》的「三才之道」將天、地、人並立起來，並將人放在中心地位，強調人的主觀能動作用。道教認為宇宙和人是相互交通的，由精氣溝通天與人之間的聯繫，謂之「天人感應」。道行高深的道士能夠通過自身的修為、法術感應天道，從而祈福禱雨，達到天人一氣相通的境界。「天人合一」的傳統理念千百年來已經融入中華民族的靈魂，設壇祭祀如果不靈，那是因為人的修為還沒達到一定的境界，

還應當繼續堅持不懈地竭盡主觀努力。這就是舞龍活動傳承至今沒有停息的深層原因。

二、人性情感的形象表現

雨壇彩龍龍體造型別具特色，與大田場九曲河上建於明代洪武年間的國家級重點保護文物龍腦橋的主龍頭極其相似。龍頭額高嘴短，彩繪精美，雙目縱突能動，下頜開合自如，形象雄壯憨厚。龍身長 30 米，共 13 節，龍身可以靈活拆卸，加長或縮短。龍體渾圓靈活。龍尾是長於龍頭的鱅魚狀，緊隨龍身起伏搖擺，舞動之中頗含詼諧，富有情趣。

作為一種傳統民俗活動，雨壇彩龍的表演重在一個「活」字，也就是要求龍必須與人的情感融為一體。表演時，既要表現出龍的性格、情感、氣勢、姿態，更要通過龍的視覺形象讓人感受到中華民族不屈不撓的堅強性格以及人性情感的豐富多彩。這就要求舞龍者「動於中而形於外」，「心有性情，手顯神色」，「手隨眼動，眼隨心動」，人與龍的情感交融一體。表演中，龍與「寶」糾纏連綿，使觀賞者不僅從中領略到巨龍奪寶的恢弘氣象，而且可以感受到中國龍鮮活靈動的生命情態與不屈不撓、積極上進的民族性格。

雨壇彩龍的表演以金、銀雙龍同時出場表演為其個性特色。其表演基本技巧有「圓曲」、「翻滾」、「絞纏」、「穿插」、「竄躍」等數十個動作，表演程序一般為「請龍」、「出龍」、「舞龍」和「送龍」。雨壇彩龍在整個表演過程中，以太極圖案為線路，在連貫變化中演繹。表演活潑靈動，造型多姿多彩，套路變幻莫測。在川劇演奏風格打擊樂的伴奏下，或脫衣，或翻滾，或歎氣，或擦癢，龍與「寶」交織纏繞。在連貫變化的太極圖形中，不斷更新、豐富表演內容，形成了完整的表演套路和經典的動作造型，做出翻、滾、卷、轉、游、盤、穿、纏、跳等高難動作，龍身隨之左右翻轉，逶迤如飛，活靈活現。在連貫變化的太極圖形中相繼呈現龍出洞、龍奪寶、龍拖寶、龍抱蛋、龍擦癢、龍歎氣、龍滾寶等數十個生活模擬動作，造型動作有跳龍門、龍脫衣、龍翻滾、龍砌塔、倒掛金鉤、龍背劍、太子騎龍、黃龍滾、燕山盜寶等，展示了人們對活龍的藝術想像。舞龍者將龍置身於與「寶」相呼應，相衝突的戲劇性場景中，自始至終舞龍者與龍融為一體，龍與「寶」糾纏連綿，八面大旗或開門列陣、或穿梭迴環，使舞龍場面更宏大更活潑。

豐富多彩的套路變幻和動作造型之所以引人入勝，不只是技術難度高，更重要的是通過形象表演塑造了龍的性格與情感，進一步透過龍的性格與情感，凸顯了中華民族的性格與情感，巧妙地把民族性與藝術性融為一爐。任何民族性都有其優秀的一面，優秀的民族性格是一個民族的靈魂。弘揚民族的優秀性格能夠喚起民族的自尊心和自信心，從而振奮精神，發憤圖強。雨壇彩龍的表演既充滿雄壯威武的陽剛正氣，又洋溢著淳樸憨厚的生活激情，是一種富於人性情感的形象表現。它貼近民眾，凝聚民心，不屈不撓，積極上進，這在當前全國人民為實現中華民族的偉大復興而努力奮鬥的時刻，瀘縣雨壇彩龍是十分寶貴的精神財富和文化資源。

三、自強不息的創新意志

瀘縣雨壇鄉舞龍活動起源於唐宋時期，鼎盛於明末清初。由於雨壇鄉位於龍洞山上，水源缺乏，旱災頻仍，當地農民開始用稻草紮製草把龍舞龍求雨。編織者先編一條長草簾，草簾末端分三個岔路往上翹起作為龍尾；草簾的另一端翻折一層做兩個彎角翹起，形似龍頭；中間每隔一段紮一小捆橢圓形稻草，穿入一根竹竿做龍身。在一根竹竿上捆綁一個圓形草團作為龍珠，俗稱為「寶」。然後在龍頭、龍身、龍尾上掛一些彩色紙片作為裝飾。草把龍舞畢即拿到河邊燒掉，送龍回龍宮。最初的草把龍結構簡單粗糙，談不上藝術性。舞龍也缺乏技巧，更談不上套路。

公元 1892 年的初冬，瀘縣得勝鎮民間藝人王世品從廣東回到瀘縣，他對用來祭祀求雨的草把龍進行了技術改革。製作原料由稻草改為竹子和棉布，先把竹子加工為竹篾，再用竹篾紮製成龍骨架，分組分節，可長可短，外面套上布衣。從製作技術到布衣樣式和色彩的選擇，吸收了浙江板凳龍和廣東賽龍的民間工藝，舞龍的動作也吸取了外地舞龍技藝，同時融入了川南農耕的動作造型。他從根本上改變了草把龍的製作技術和表演技藝，實現了雨壇彩龍歷史上第一次創造革新。公元 1919 年農曆正月初一，雨壇彩龍的出現給當地農民過春節帶來祥和與快樂。從此舞龍不僅限於求雨，逢年過節的舞龍活動象徵吉祥與求福。

王世品將舞龍技藝傳給以羅銀坤（1913～1999）為主的羅氏家族。羅銀坤自 14 歲開始學習舞龍技藝。他在繼承前輩舞龍技藝基礎上，一方面根據傳說中對龍的描繪和寺廟裏各種有關龍的壁畫、雕塑形象，不斷改進龍的造型和舞姿；

另一方面又從觀察現實生活以及吸收其他各種藝術的菁華進一步豐富了龍的造型和舞技。特別是龍頭的造型借鑒了九曲河上龍腦橋的石雕，增強了龍頭的不可替代的濃鬱鄉土氣息和藝術感染力。舞技尤其注重在「活」字上增加內涵，精髓在於對龍靈性的把握。特別強調舞者與龍的情感、神態交融一體。新創了數十個人與龍形神交融的動作造型，增添了川劇打擊樂伴奏，鄉土氣息濃鬱浪漫，滲透出中國民間藝術的古典美與神韻美。鮮活靈動的造型，恢弘激越的舞姿以及大氣磅礴的場面，都是浙江板凳龍、重慶銅梁龍、廣東賽龍不可比擬的。在羅銀坤這一代，雨壇彩龍無論是造型藝術還是舞蹈技藝都取得了高質量的創新突破。

羅德書、羅德學跟隨父親羅銀坤學習舞龍技藝，系統地繼承了雨壇舞龍的20多種耍技，在連貫變化的太極圖形中相繼呈現龍出洞、龍奪寶、龍抱柱、龍抱蛋、龍翻滾等數十個生活模擬動作和造型動作。他們還吸收了雜技藝術和外地舞龍技藝的菁華，舞技有了進一步的創新和發展。近年來接受專業舞蹈家指導，舞技又有提升。道具製作融入了現代理念，在傳統龍骨架的基礎上，重新打造龍身、龍頭、龍尾，龍頭上的色彩深淺進行了調整，還修正和美化了龍頭龍尾上的如意。龍衣採用新型面料，以前用的面料是用銀粉塗在上面比較容易脫落，時間難持久，現在的面料用銀絲做成，不僅時間持久，而且視覺效果好。在龍衣上勾勒出的線條中，還塗上了一層熒光粉，這樣夜晚的彩龍顯得更為光彩照人、靚麗靈動。現代雨壇彩龍的造型和舞技都勝過前輩，更上一層樓，煥發出蓬勃生機。

《周易‧乾卦‧象》曰：「天行健，君子以自強不息。」中華民族歷經艱難險阻仍不屈不撓繁榮興旺的根本原因，就在於骨子裏存在祖先遺傳下來的自強不息精神。雨壇鄉民自發的舞龍求雨活動，從草把龍到布衣龍，布衣龍到彩龍，再到形神俱妙的東方活龍，龍的造型和舞龍技藝不斷進步的原始動力就是植根於中華傳統文化深厚土壤中的自強不息精神。《禮記‧大學》說：「大學之道，在明明德，在親民，在止於至善。」廣義的大學不限於做學問，學習任何技藝都需要孜孜不倦止於至善的創新意志和主觀努力。《禮記‧大學》又說：「湯之《盤銘》曰：「苟日新，日日新，又日新。」因為世間一切事物都在運動變化，不斷新陳代謝，任何技藝都難以達到至善至美，因而必須與時俱進，不斷創新，絲毫不能鬆懈。正是這種自強不息的創新意志激勵著雨壇

彩龍的傳承人不斷把造型藝術與舞龍技藝推向高峰。

四、合力團結的奮鬥精神

　　雨壇彩龍產生的根源是缺水的環境對當地民眾生存構成的威脅，因此，設壇祭祀舞龍求雨從一開始就不是個人行為，而是民眾的集體活動。任何集體活動都需要有團結一致的合力才可能做到步調統一，行動協調。最初的草把龍 13 節，加上執寶人，至少要 14 人參與，才能進行舞龍活動。其中如果有人單獨行動或者配合不力，舞蹈就缺乏整體感，不但達不到求雨目的，反而會冒犯神靈招致災禍。因此，舞龍活動產生伊始，就需要民眾合力團結，雨壇彩龍就是團結的象徵。

　　草把龍演變為彩龍，龍的造型和舞龍的技藝都提升到一個嶄新的高度，然而，如果沒有參與者的合力團結，實現這樣的突破顯然是不可能的。雨壇彩龍通常的表演格局是金、銀兩條龍同時出場，加上 2 名執寶人和 8 名執旗人，一共 36 人。如果配上伴奏的川劇打擊樂隊，一場表演需要 40 多人共同合力完成，這還不包括為表演服務的後勤人員。表演要求舞龍者「動於中而形於外」，「心有性情，手顯神色」，「手隨眼動，眼隨心動」，人與龍的情感交融一體。要求執寶人矯健靈動，舞動領頭的寶珠，指引龍頭盤旋騰越，變幻出數十個不同的生活模擬動作和動作造型。這需要所有參與者聚精會神，精神高度集中，動作高度協調，其中只要一人稍有閃失，表演即會失敗。

　　道具的製作也要依靠集體的合力。自 2000 年以來，雨壇彩龍每隔 4 年都會進行一次升級製作。製作彩龍主要包括綁紮龍骨、裱糊、裝飾三個工序，每個工序至少有 10 多人參與。在彩龍裱糊好以後，有經驗的師傅在龍尾和龍身上用鉛筆草擬出鱗片狀的紋路圖案，若干人員再分別用顏料沿著鉛筆的紋路進行勾畫，在龍尾部分描上幾道紋樣，加以點綴。龍頭的製作十分考究，一般是由經驗豐富的師傅精心製作。一條栩栩如生的彩龍由幾十個人通力合作才能完成。最近的一次製作參與者有彩龍製作傳承人、教師、裁縫、美術專業大學生等 10 餘人，斥資 10 萬元，耗時 40 餘天，於 2021 年春節前完成了兩條彩龍的製作。可見，無論造型藝術還是舞蹈技藝，雨壇彩龍都是合力團結的勞動成果，也是民間藝術家集體智慧的結晶。

　　《周易‧繫辭上》說：「二人同心，其利斷金；同心之言，其臭如蘭。」《孟

子‧公孫丑下》說：「天時不如地利，地利不如人和。」「同心」、「人和」其實都是強調人與人之間團結的重要性，這是中華民族自古以來的優良傳統。雨壇彩龍以高超的技藝展現於世的不僅是精彩絕倫、大氣磅礴的動人場景，而且是感人至深、合力團結的奮鬥精神。

結　語

舞龍習俗是巴蜀文化的重要組成部分，雨壇彩龍作為國家非物質文化遺產獨樹一幟，顯然具有**民俗學研究價值**。四川民間至今普遍流行逢年過節、婚喪、祝壽表演舞龍的習俗。在瀘縣境內，眾多的龍雕石橋和出土的龍雕石刻，形成了該地區獨特的龍文化氛圍和崇龍習俗。這對探索巴蜀崇龍習俗的起源不無啟發意義。

雨壇彩龍舞龍表演講究人龍合一，重在一個「活」字，因此雨壇彩龍還具有人文研究價值。人在舞龍中所表現出的憨厚、雄壯、豪放、詼諧等個性是地處丘陵亞熱帶地區農民性格的體現，反映了特定歷史條件下川南勞動民眾的人性特徵和心中對美好願望的渴求。

雨壇彩龍是當地民眾從生活勞動與傳統文化的沃土中創造並發展起來的民間藝術，舞龍套路和數十個動作造型就是生活原型的藝術化，因而當之無愧是具有鮮明地域特色、濃鬱生活氣息與豐厚文化內涵的藝術形式的典型範例。它的藝術造型和舞蹈技藝能夠不斷進步的深層動力，正是來自豐富多彩的現實生活與中華民族優秀傳統的文化內涵。

參考文獻

1. ［清］阮元校刻，《十三經注疏》[M]，北京：中華書局，1980 年。
2. 郭慶藩輯，王孝魚整理，《莊子集釋》[M]，北京：中華書局，1961 年。
3. 張曉靜、胡蘭，《雨壇彩龍的傳承與發展探究》[J]，《瀘州職業技術學院學報》2011 年（2），第 62～65 頁。

定稿於 2021 年 7 月 21 日。

古藺花燈的民俗文化特色

摘　要

　　古藺花燈作為融匯多種藝術的民間歌舞，被確定為國家非物質文化遺產。演員們通過花燈歌舞的藝術表演，反映山區人民的生產和生活，表達民眾的情感與追求，傳播多種民俗文化。這些民俗文化充滿深厚的社會、民族歷史積澱，具有濃鬱的鄉土氣息，並且凝聚為當地民眾的精神支柱，激勵民眾為創造美好生活而奮鬥。

關鍵詞：古藺；花燈；文化特色

引　言

　　中國四川省瀘州市所轄的古藺縣，秦漢時為西南夷城，屬夜郎國。古藺花燈是以古藺縣為中心，流傳於川、滇、黔三省交界的赤水河中游地區的漢族民間歌舞藝術，俗稱「扭扭燈」。古藺花燈的起源，在其唱詞中有這樣的敘述：「燈從唐朝起，鼓是唐王興。打的是唐王的旗號，唱的是唐王的燈」；「武宣王（宋仁宗之弟）鬧花燈，搶去妻子羅慧英。搶去妻子羅小姐，包爺抬頭把冤申。包爺抬頭冤申了，萬古流傳到如今。」這是當地世世代代口口相傳的唱詞，如果不是謬傳，古藺花燈已有上千年的歷史。

　　據清光緒三十三年（公元 1907 年）《續修敘永、永寧廳縣合志・民風》記載：「正月初八日始，各街豎燈杆下搭燈棚，簫鼓喧闐，遊人如蟻。十二至十五

夜，加以龍燈、獅燈、花燈，謂之鬧元宵。」可見，古藺花燈至少有百餘年文字記載的歷史。

川、滇、黔三省交匯處的古藺縣境內居住有漢、苗、彝、回等 12 個民族，古藺花燈以燈班為組織單位，以雙人對舞為主的表演形式，融匯地域漢族舞蹈、音樂、戲劇、說唱、美術等多種文化為一體，進行民俗節慶活動，使得居住在古藺縣的兄弟民族以及黔北的仁懷、赤水、金沙、畢節、習水等地的民眾深受此漢族民間歌舞藝術薰陶而傳習，營造了吉祥歡樂、和諧團結的社會氛圍。上世紀八十年代，古藺花燈被載入《中國民族民間舞蹈集成·四川卷》。2013 年 1 月，古藺花燈兒童劇目《鬧花燈》參加全國少兒春節聯歡晚會獲金獎。2014 年 12 月 3 日，中華人民共和國國務院批准古藺花燈民間歌舞藝術為第四批國家級非物質文化遺產。

當今時代，文化已經成為人流物流的黏合劑，成為促進社會經濟建設和人文發展不可或缺的助推器。古藺花燈在民族雜居地區產生的積極作用是經過長期歷史考驗的成功範例，對於我們這個擁有 56 個兄弟民族的偉大國家實現第二個一百年的奮鬥目標，具有積極的參考價值。無論是傳承民族民間文化的責任，還是助推山區經濟振興的需要，古藺花燈的文化特色都值得深入研究，科學總結，使它在社會主義物質文明與精神文明建設中發揮更大的作用。

一、祈求幸福的宗教文化

人類在生產力水平和認知能力都比較低下的時期，對許多自然現象和生命現象都無法理解，尤其是對生老病死充滿恐懼，幻想神靈的庇佑。這樣，一個能夠保佑人們健康長壽甚至永生與超脫的神靈，在當地民眾的期盼中產生，這就是王母娘娘。傳說中的王母娘娘是生育萬物的創世女神，也是掌管不死藥的長生女神，象徵幸福快樂，長壽安康。古藺花燈最初是為王母娘娘祈福的祭祀活動，從它產生伊始就帶有宗教迷信色彩。從口口相傳的古老唱詞中明顯表現出人們為王母娘娘祈福的良好願望：「燈從唐朝起，燈從唐朝興，唐朝興起至而今。王母娘娘害眼病，許下三十六盞燈。十二盞上天變成紫微星，十二盞下地化做五穀燈，十二盞留在民間為花燈。」王母娘娘快樂安康就會庇佑子民幸福快樂，長壽安康。於是古藺花燈在為王母娘娘祈福的同時，也祈求王母娘娘賜予子民幸福安康。

隨著時間的推移，向王母娘娘求福逐漸成為當地民眾共同的美好願望，這種願望在古藺花燈的表演程序中具體化為對神靈的敬畏與尊崇。古藺花燈在年前便開始「備燈」（組織燈班，準備服裝、樂器和各種道具），然後挑選黃道吉日，謂之「擇期」，一般從正月初二「起燈」。燈班在第一場表演的人家進行參神、辭神（花燈班子都要供奉「燈神」）。在每年第一場表演前，先要舉行參拜燈神和辭別燈神外出表演的儀式，然後才開始走村串戶，唱春燈、賀新年，喜慶活動一直延續到正月十五。這天，各燈班要回到第一場表演的人家，舉行「罷燈」儀式。儀式是從參神開始，然後「翻摺子」，即將該燈班從當年起燈始，所有演過的節目，選擇其中片段連接起來表演一次，接著辭神。儀式進行完畢，燈班敲鑼打鼓離開主家，至村外河邊，將所紮的各式彩燈焚燒，謂之「送燈歸天」，一年一度的花燈活動方告結束。

祭拜燈神深化了當地民眾對人與自然關係的認識，燈班的人員都是祖宗血脈的延續，所需要的服裝和各種道具都來自大自然，祖宗和自然也就成為祭祀的對象。祭祀祖宗神和自然神既是對先人和大自然的敬畏與崇拜，同時也加深了民眾對自然和生命的理解，喚醒了民眾對祖先的懷念，對長輩的尊重，對自然環境的愛護。在這樣的思想氛圍中，燈班與民眾都懷著虔誠的心態，通過古藺花燈的藝術表演和參神、辭神儀式，強化向神靈祈求風調雨順、幸福快樂，長壽安康的美好願望，並把這種願望作為生活和生產的精神動力，推動了社會生態以及人與自然生態關係的不斷優化。古藺花燈的藝術表演和參神、辭神儀式，以及民眾對表演藝術的喜愛與欣賞，共同體現了古藺地區各族人民對幸福生活的美好憧憬，激發人們為實現自己的理想努力奮鬥。可見，古藺花燈這種表面上看起來似乎帶有宗教迷信色彩的民間歌舞藝術，實質上是一種提升人們的精神境界，促進人與自然、社會和諧共存的精神文化力量。

二、熱烈靚麗的裝飾文化

古藺花燈融匯舞蹈、音樂、戲劇、說唱、美術等多種藝術形式為一體，其中營造形象美的主要因素除了舞姿之外，首先是角色的服飾，其次是角色使用的道具。花燈角色吸收戲劇角色稱謂，有小生、小旦、小丑三個角色。小生俗稱唐二，亦稱陶二；小旦俗稱幺妹兒；小丑俗稱打岔老者兒。而以唐二和幺妹兒為主，打岔老者兒作為陪襯。

　　唐二的傳統扮相與服飾：戴草帽，穿淺藍色鑲白邊中式對襟上衣，中式長褲，繫紅綢腰帶，外套淺黃色鑲黑邊坎肩，紮綁腿，穿草鞋。

　　幺妹兒有兩種傳統的扮相與服飾：一是梳雲髻，髻圍插花，束長髮，戴銀耳環、銀手鐲，穿粉紅色繡花大襟上衣，繡花長裙，大紅繡花鞋；再是梳獨辮，頭左插一朵紅色絹花，戴耳環，穿粉紅色大襟上衣，淺藍色中長款，繫深藍色蠟染白花鑲白邊短圍裙，穿黑色布鞋。

　　打岔老者兒戴草帽，黃色衣褲，藍色鑲白邊坎肩，穿草鞋。

　　唐二、幺妹兒和打岔老者兒的傳統服飾顏色搭配著重色彩給觀眾營造的心理感受。唐二的服裝採用淺藍色上衣與大紅綢帶、淺黃色坎肩搭配，紅黃暖色強，淺藍冷色弱，暖色是主導色，給觀眾造成熱烈溫暖的感覺。幺妹兒的服裝以大紅、粉紅為主，淺藍、深藍為輔，同樣暖色是主導色，給觀眾的心理感受仍然是溫暖熱烈。打岔老者兒全身黃色，只有坎肩藍色，黃藍暖冷對比，暖色為主導。唐二和幺妹兒兩人對舞視覺上是紅、藍兩大色塊的對比，由於暖色出現在搶眼的部位居於主導地位，觀眾的視覺印象和心理感受與過年的環境氛圍十分默契，角色服飾的色彩搭配是營造節日歡樂熱烈、喜慶祥和形式美感的重要藝術技巧。

　　現在有的燈班兩個主角的服飾脫離了傳統，有的唐二淺藍衣，紅坎肩，淡綠褲，幺妹兒全身淡綠，深綠鑲邊，冷色成了主導色，這與過年的熱烈氣氛相悖。還有的唐二紅坎肩黃鑲邊，黃褲，紅綢帶，幺妹兒橙色衣褲，全是暖色，沒有冷色作為對比，視覺印象和心理感受都大打折扣。這是因為沒能領會傳統服飾色彩對比的美學思想。

　　古蘭花燈在表演過程中，一般會用到摺扇、蒲扇、拂塵、方巾、長方巾、牌燈、八面燈、蓮檯燈、桃兒燈、荷花燈、鼓鼓燈、蟬兒燈等道具，主要以各種燈為主。各種燈具不論造型如何，都很重視色彩的運用搭配。民間花燈配色口訣：黑靠紫，臭狗屎。紅靠黃，亮堂堂。分青綠，人品細。要想俏，帶點孝。要想精，帶點青。紅忌紫，紫怕黃。黃喜綠，綠愛紅。

　　主要燈具裝飾圖案常用色彩：

　　1. 牌燈：淺藍、紅、淺綠、金；2. 八面燈：紅、綠；3. 蓮檯燈：粉紅、草綠、水紅、大紅；4. 桃兒燈：紅、粉紅、藍、綠；5. 荷花燈：金、粉紅、綠；6. 鼓鼓燈：紅、黃、綠；7. 蟬兒燈：紅、水紅、藍、綠。

　　以上每種燈具的裝飾色彩都是紅、黃、金與藍、綠的暖冷對比，而且以暖色為主。這樣色調強烈的對比手法營造了熱烈紅火的視覺形象與心理感受，凸顯了民間美術特有的靚麗鮮明的藝術裝飾風格，成為古蘭花燈一道特有的文化風景線。

三、土氣濃鬱的舞蹈文化

　　所謂土氣就是地域特徵。直言之，古蘭花燈是古蘭地區的自然環境、社會經濟條件、當地民眾生活生產狀況催生的民間土俗文化。《古蘭縣志》說：「古蘭花燈戲表演風格是：要逗要笑，要打要鬧，要跩要扭，要唱要跳。」所謂逗笑、打鬧、跩扭、唱跳，都是當地民眾日常生活生產的常態。逗笑可見民風的樂觀，打鬧顯示性格的粗獷，跩扭展現行為的詼諧，唱跳抒發情感的熱烈。這樣的表演風格完全來自與當地民眾息息相關的日常生活和生產，古蘭花燈不過是把民眾日常生活和生產的典型動作與人物性格、情感融為一體，並加以藝術表演而已。在逗、笑、打、鬧、跩、扭、唱、跳這八種典型動作中，最土最有代表性的舞蹈動作是扭，扭是古蘭花燈的神髓和靈魂，難怪當地民眾稱其為「扭扭燈」，這一標誌性動作充分顯示了古蘭花燈土氣濃鬱的文化本質。

　　民間文化的產生與生存環境密切相關。古蘭地處四川盆地山區，山高坡陡，山路崎嶇不平，行走需要扭動身體調節平衡，以防摔倒。負荷攀爬更需扭動腰胯。即使在平壩，稻田、水溝埂堤狹窄，逢田埂、渠堤、狹路，為保持身體平衡，行進中也不得不扭來扭去。這些生活常態經過藝術加工就成為古蘭花燈的標誌性舞蹈技藝。由於地理環境、經濟狀況差異，燈班之間的舞蹈動律、步法、演技也不盡相同。例如古蘭椒平鄉在高山坡上，經濟狀況差，沒有寬敞的地勢，舞蹈動作幅度較小，舞步移動範圍基本就在一平方米左右，不適合進行大型舞臺的花燈表演。在地勢較低的永樂鄉，場地相對較寬，花燈表演多在戶外，舞蹈動作幅度較少限制，步法、舞姿大氣，動作樸實大方，舞蹈語言也比較豐富。可見同是古蘭地區的花燈舞蹈也各有不同的地域特色。

　　古蘭花燈經過長期歷練逐步形成了系統的舞蹈技藝，唐二的基本舞步動作有梭銅盤、斜身搖扇、獅子搖扇、弓步搖扇、蹲步搖扇、顫步、剎步、拐子步、蹲跳步、跳轉步、提踩步、自由步、磋步跳、蛤蟆跳、跳踢毽、逗蝴蝶、前蹲踢步、橫蹲踢步、自由轉身、兩步繞花、抱膝蓮花、風雪卷輪。幺妹兒的基本

舞步動作有跳踏步、小顫步、遊顫步、踩十字、雙飛燕、雙蝴蝶、扁擔花、半邊月、背身浪、風擺柳、碎步出燈、繞肩挽花、三步進退。這些舞蹈動作都源於生活的體驗，源於大自然的啟迪。唐二和幺妹兒的雙人舞蹈造型有的模仿動物的姿態，如生擦背、蛤蟆曬肚、犀牛望月、鴛鴦展翅、龍鳳翻身、金龍抱柱；有的模仿植物形象，如膝上摘花、盤根錯節；有的受宗教影響，如觀音打坐、觀音背子；有的直接借鑒生活，如金盆打水、大團圓。由於地處山區，山高坡陡，受地域環境限制，為維持花燈表演舞蹈動作的動態平衡，這些名目繁多的舞蹈技藝，都以扭胯為顯著特色。所謂扭胯就是以胯部的扭動來帶動上身和四肢的舞姿動作。唐二以半蹲、屈膝、直腰、頂胯為主，動作重心向下。幺妹兒舞步移動範圍小，動作靈巧，動作重心在胯部。打岔老者兒頭戴草帽，手執拂塵，舞蹈動作主要是前後或橫向移動，起著調節與導向的微妙作用。所有角色的動作幅度都較小，一般沒有大的跳躍或翻騰，多是原地邊唱邊扭或二人擦身交換位置。舞蹈步法以十字步、花綁步、矮子步為主，並按繞盤架、三穿花的隊形流動。

特定的地域環境催生了富於地域特徵的民間舞蹈動作，花燈舞蹈把山區民眾生活中的體態動作通過藝術加工昇華為系統的舞蹈技藝，顯示了植根於地域文化沃土的古藺花燈具有強大的生命力。

四、扎根生活的說唱文化

古藺花燈是融匯地域漢族舞蹈、音樂、戲劇、說唱、美術等多種文化為一體的民間歌舞藝術，在堂鼓、鈸、馬鑼、大鑼、嗩吶等樂器伴奏下，說唱與舞蹈表演同時進行，以唱為主，說為輔。說又稱為說白、道白或發白。說白與唱詞全用當地方言。唱詞中常加襯詞營造氣氛和表達感情，充滿濃鬱的鄉土生活氣息。演員就是當地農民，上場自報家門：「太陽出來紅似火，二八佳人胭脂抹。要問我的名和姓，××××就是我。」表演行進到某地時，總要唱一段《表路途》：「走一嶺來又一嶺，過了一坪又一坪。行程不覺來得快，××××眼前呈。」這樣的開場唱詞使燈班貼近民眾，為正式表演營造了良好的氛圍。

古藺花燈有胡琴調、鑼鼓腔、花燈調三種唱腔及數以百計的民間傳統歌曲。音樂曲調多為一段體上下句結構，宮商角徵羽五種調式都有，而以徵調式較多。唱腔有的旋律優美，有的歡快熱烈，有的活潑詼諧，有的沉鬱憂傷，有的

妙趣橫生。演唱形式多為一人領唱，眾人幫腔（演員與觀眾齊唱），臺上臺下融為一體，既是演員對生活感悟的藝術再現，也是民眾對生活體驗的思想昇華。唱詞和說白的內容全部來自生活，既有對生活生產狀況的真實反映，也有對生活現實的批判與勸勉，還有對美好生活的憧憬，尤其是對山區男女愛情的歌頌。

（一）對生活生產狀況的真實反映

《捏白》:「正月玩燈耍獅子，二月薅麥子。三月清明燒錢紙，四月栽秧子。五月端陽吃粽子，六月炎天搧扇子。七月中元敬老子，八月中秋吃餅子。九月背穀子，十月點麥子。冬月天冷穿襖子，臘月手提烘籠子。」這段唱詞扼要點明一年之內應做的事情，為民眾充當日常生活和生產的參謀。《小菜名》運用擬人和擬物的手法，精練形象地描繪出與當地民眾生活密切相關的蔬菜群像:「一更唱到二更轉，提起三更小菜名。豆腐天子登龍位，抱著南瓜老將軍。刀豆林中來造反，要殺小菜一滿門。摘條黃瓜當炮打，扯根豇豆作火繩。蘿蔔嚇得鑽了土，筍子尖尖殺出林。茄子趕忙戴鐵帽，苦瓜氣得血奔心。豌豆打得躬起背，海椒殺得血淋淋。五爪金瓜拿到手，菜板上頭定輸贏。」這首《竹板詞》則真實反映了山區民眾勤勞樂觀的生活態度:「一根竹子嫩悠悠，生在深山老林中。青枝綠葉大籠篼，狂風吹倒遍山溝。江湖朋友林中過，砍根回去做行頭。外面要把青皮刮，內面要把節疤摳。三寸竹板拿在手，豬油皮兒蒙兩頭。南京好耍南京走，北京好耍北京遊。不用油鹽和米豆，不用金銀可周遊。見官也能把緣結，過府無錢也自由。若逢山青水秀地，隨身攜帶闖碼頭。」

（二）對生活現實的批判與勸勉

《十二奉勸》描述父母養育子女的辛勞，奉勸年輕人要孝敬父母，回報養育之恩:「我君開言唱一聲，老幼尊卑聽分明。水有源頭樹有根，當家才知鹽米貴，養子才報父母恩。（說白：大媳婦又這個，吃了飯不洗碗不抹桌，不尋良就攪和，有時還要吃湯藥。）今年要給兒子娶媳婦，又要把客請，擺上幾十桌。花幾斗糧食劃不著……為兒為女晝夜忙。（說白：回來還要抱倒親個嘴，不怕臭來不怕髒。小時不離娘左右，長大分家各一方。）的確卡，的確良，兒子媳婦都有幾皮箱。只有老者兒老媽兒穿的是平板布，背上爛個大筐筐。九

月裏開菊花，哪個老來不受兒子媳婦氣？（說白：兩根三腳壋一撐鋪，幾塊板板不相加。）黃篾席不光滑，枕頭兩個草疙瘩。（說白：睡到半夜嘰嘎響，周身猶如刺刀殺。頭又昏眼又花，腳又僵手又麻，睡起半夜想喝茶。）起來巴喳喳燒起頭，兒媳婦罵老者兒擺死法，只差三魂都嚇掉。臘月裏完一年，撫兒如麻要周全。修房造屋都辛苦，買磚買瓦都要錢。（說白：問我二老怎麼辦？那媳婦說，管你媽三十三。那媳婦還有理，她侃她後家不一般。）只有老婆婆把她逗冒火，先人祖宗都造翻。」《勸夫別賭》維護家庭穩定，用生活中發生的事實批判不正之風：「為人別賭錢，賭上大癮就要害死人。不聽勸來又去賭，賭完錢心發慌。輸得沒有早飯錢，肚皮餓得咕咚咕咚叫。餓死人不聽勸來又去賭，賭完錢賭家當。輸得沒有鋪蓋蓋，一家大小冷得打抖抖。冷死人不聽勸又去賭，賭完錢賣房子。輸得婆娘娃兒去他鄉，只剩一人孤苦伶仃不像人。為人要聽別人勸，有錢不要拿來賭，闔家都安康。」《回燈》勉勵勤奮學習：「正月元宵賀新春，勸夫苦讀聖賢文。勸夫勤奮讀，不必丟了文。勸夫認真讀，何必怕熬煎。人一人知幾百知，人十人知幾千知。官官不要黃金買，只要文章六七篇。」

（三）對美好生活的憧憬

《鬧元宵》旋律優美，情緒歡快，音程大幅度跳躍產生的情緒變化營造起節日喜慶熱烈的氛圍：「正啊月裏鬧元啊宵，花燈恭賀新春啊到。哎呀新春到啊，哎呀家啊家戶戶紅是紅燈照歐誒。燈啊如海人如啊潮，姑娘小夥歌聲啊高。哎呀歌聲高啊，哎呀元啊宵會上樂是樂逍遙歐誒。」《朵朵紅花送英雄》語言樸實，旋律優美，情緒熱烈，抒發了人民熱愛英雄建設社會主義祖國的豪情壯志：「手爬岩上手爬岩，英雄花，朵朵紅喲喂。朵朵紅花送英雄，英雄花開朵朵紅。朵朵紅花送英雄，英雄何止千千萬。英雄花，朵朵紅喲喂，朵朵紅花送英雄。」

（四）對山區男女愛情的歌頌

歌頌愛情是古藺花燈永恆的主題，如花燈歌舞《乾妹出嫁》：「一把鋤頭二面快喲，做些莊稼逗人愛。蘇二姐有心跟倒我喲，黃瓜茄子吃不完。」生活氣息濃鬱，感情質樸無華。大膽直白抒發愛情的《十愛妹》，從頭愛到腳，表現了山區青年豁達深摯的愛情觀：「一愛妹的頭，二愛妹的髮。三愛妹的眉，四

愛妹的手。五愛妹的臉，六愛妹的心。七愛妹的衣，八愛妹的褲。九愛妹的鞋，十愛妹的命。」《花兒開》由五樂句單段式構成，優美的襯詞以及音程大幅度跳躍表現了熾烈的愛情：「一朵花兒開，花開一朵來。正月間蘿蔔花兒起呀嘛起了苔，唔茲唔唔唔唔哎唔唔起呀嘛起了苔，奴家小乖乖。一朵花兒開，花開一朵來。成雙喲蝴蝶飛呀嘛飛了來，唔茲唔唔唔唔哎唔唔飛呀嘛飛起來，奴家小乖乖。」

唱詞、襯詞以及說白具有很大的隨機性，可以根據現場表演的需要臨時變動，相同的旋律可用不同的唱詞進行改編，還可根據民間藝人不同的習慣和表演風格加以變化。現場改編的內容往往產生直達人心的效果。表演的素材從生活中來，經過演員們的藝術加工又以貼近生活的表演形式在山區民眾的生活中再現，證明扎根生活是古藺花燈說唱文化的生命之源。

五、和諧團結的娛樂文化

古藺花燈表演的內容有歌頌，有懲戒，有歡慶，有勸勉，觀眾從中可以獲得愉悅和啟迪。然而，它的主要目的並非說教，而是在新年來臨之際，祈求來年風調雨順，幸福安康，給人們帶來熱鬧、喜慶和吉祥。一句話，古藺花燈的主要目的是娛樂，而娛樂是不同村鎮、不同民族、不同性別、不同年齡的廣大民眾的共同愛好。臺上演員領唱，臺下眾人幫腔，臺上臺下交相呼應，演員與觀眾融為一體，可見，娛樂是促進人際關係和諧團結的黏合劑。

（一）內部關係和諧團結

古藺花燈是春節期間農民自發形成的群體性生產生活娛樂方式，是民眾表達思想情感與美好願望的村落性文娛活動，體現了燈班演員與本村民眾在精神追求與娛樂趣味方面的和諧一致。向王母娘娘祈福這種具有神話色彩的信仰以及參神、辭神、送燈歸天這些帶有宗教色彩的祭祀活動，客觀上把燈班和民眾的思想與行動統一起來，加強了村民內部的和諧團結。一個燈班至少有十幾個人，花燈的製作，唱詞的創作，服裝的搭配，舞步的設計，音樂的伴奏，要達到預期的表演效果，必須全體成員通力合作，互相默契。因此，燈班走村串戶的演出活動就是不斷增強自身和諧團結的過程。花燈舞蹈技藝一般是父傳子，師傳徒。晚輩向長輩學習，不僅是技藝的繼承，更重要的是思想情感的溝通和交流。父子、師徒的精神追求一致，才有利於傳統技藝的發揚光大。傳

授與學習拉近了兩代人的心理距離，營造了和諧團結共同發展民間娛樂文化的良好氛圍。

（二）社會關係和諧團結

燈班受到主家邀請，強化了自尊心與存在感；主家受到燈班祝福，增添了節日的喜悅與熱情。主家邀請燈班表演，同時也邀請附近村民共同觀賞，鑼鼓喧天，熱鬧非凡，營造了鄰里村民群體狂歡的節日娛樂場景。表演完畢，主家照例酬予「利市」，燈班回敬吉祥祝福，促進了燈班、主家、鄰里關係的和諧團結。燈班十多天的時間走村穿寨，走到哪裏，就把祝福、喜慶和吉祥帶到哪裏。平常很少往來的村寨，因為新年的花燈娛樂活動而形成村村寨寨互相拜年同歡共樂的熱鬧場景。花燈以古藺為中心流傳於川、滇、黔三省交界的赤水河中游地區，不同程度地分布在古藺縣的 20 個鄉鎮及黔北的仁懷、畢節等 5 縣市。燈班起燈後即串遊各村寨，幾乎村村寨寨出燈，家家戶戶迎燈，不論男女老幼皆參與唱燈，互相預祝來年風調雨順，吉祥如意，幸福安康。以前的人際糾紛與村寨矛盾在新年的誠摯祝福中淡化甚至消除，營造了和諧團結的社會安定局面。

（三）民族關係和諧團結

古藺是兄弟民族雜居地，以漢族民間歌舞為主要表演形式的古藺花燈，使世代居住於赤水河中游地區的羌、苗、彝、回、納西等兄弟民族感受到漢族民間歌舞的藝術魅力而傳習交流，促進了兄弟民族之間民族情感、地域情感的融合，推動了不同文化的吸收與交融。從起燈、唱燈到罷燈，全民參與，不分民族，不論男女老幼，大家同心協力，努力營造喜慶吉祥、歡樂熱鬧的節日氛圍。這樣既體現了新年慶賀的盛大隆重，也因民眾廣泛參與而最大限度地調動起群體熱情，加強不同民族村寨之間的聯繫，增強各民族間的凝聚力。可見，古藺花燈這種在民族雜居環境中土生土長的民間舞蹈技藝，不僅是促進當地兄弟民族和諧團結的文化推手，而且證明民間土俗文化蘊涵著凝聚中華民族和諧團結的強大精神力量。

結　語

古藺花燈融匯舞蹈、音樂、戲劇、說唱、美術等多種藝術形式為一體，以

燈班走村串戶的流動表演，展現山區人民慶賀新春、全民歡騰的熱鬧景象，傳播宗教、裝飾、舞蹈、說唱、娛樂等多種民俗文化。這些民俗文化反映民眾的生產和生活，表達民眾的情感與追求，凸顯當地民眾的性格，歌唱淳樸的愛情，充滿深厚的社會、民族歷史積澱，具有濃鬱的鄉土氣息，並且凝聚為當地民眾的精神支柱，激勵民眾為創造美好生活而奮鬥。

參考文獻

1. 古藺縣志編纂委員會，《古藺縣志》[M]，成都：四川科學技術出版社，1993 年，第 538～539 頁。

2. 羅騰、胡曉，《古藺花燈文化內涵與社會價值初探》[J]，《戲劇之家》，2017 年（9），第 14～17 頁。

3. 桑斯爾、孔慎為、楊婧、田雪，《論古藺花燈舞蹈的地域特徵》[J]，《讀與寫》2015 年（19），第 20～21 頁。

4. 謝雲秀、文雲英，《瀘州古藺花燈音樂特色探析》[J]，《四川戲劇》，2018 年（1），第 146～149 頁。

定稿於 2021 年 8 月 2 日。

後　記

　　這裡選編的 72 篇論文，已公開發表的按發表時間先後排列，並於文末注明有關信息；未發表的按定稿時間的先後順序排列。研究內容大致包括三個方面：

1. 對傳統小學的繼承和推廣，文字、聲韻、訓詁的研究對象不限於經典；
2. 對語言學與生態學、語言學與文學交叉學科的創建，以及對生態語言學與文學語言學的研究；
3. 對中國文化的研究。

　　家父 1957 年被劃為右派，筆者 1965 年 7 月於瀘州二中新制一班畢業參加高考落榜，9 月 13 日到四川省瀘州市高壩民辦中學擔任數學教師。1977 年恢復高考，被錄取在宜賓地區教師進修學院兩年制中文專科班學習。1981 年報考廈門大學碩士研究生。1982 年春，筆者 35 歲離開瀘州，到廈門大學從事漢語言文字學專業的學習和研究，1984 年在《中國語文》發表第一篇論文。從 1965 年 9 月至今，先後在瀘州化工廠子弟中學、廈門大學、韓國仁荷大學、馬來亞大學、東姑阿都拉曼大學、瀘州職業技術學院等大中學校任教，教過的初中生、高中生、專科生、本科生、碩士生、博士生，指導過的高校校師、訪問學者難以計數。除與人合著的之外，獨撰的學術專著有《生態漢語學》、《四川瀘州方言研究》、《古漢語文化探秘》、《漢字解析與信息傳播》、《網絡文學的

語言審美》、《文學修辭學》，這是筆者高考落榜時決難逆料的。於今年屆七十有五，這個論文集既是 40 年學習研究的一些心得，也是後半生教學生涯的點滴痕跡。

文集編就，悲從中來。艱難忍辱的父親李玉墀，勞苦慈愛的母親曹乃貞，相濡以沫三十八年的愛妻古樹全是看不到的。學養深厚循循善誘的黃典誠教授，未曾晤面卻獎掖有加的殷煥先教授，危難時傾力相助的黃拔荊教授、宋永培教授、黃金貴教授，深造無門時熱情關懷悉心指教的張采芹先生、馮建吳教授、蘇葆楨教授，在瀘州二中求學時多方關照的黃承勳校長、王重光主任、黃和勉老師、陶鵬德老師……他們有的仍健在，而大多遠行不歸了。筆者會永遠記住他們給予的恩惠，並把他們的恩惠轉化為對社會大眾，對後來求學者的熱情和關愛。感恩哺育、教導和幫助過筆者的所有親人和師友，感恩曾伸出援手的一切認識和不認識的善良的人們！這個集子倘能對熱心漢語和中國文化的朋友起到一點點參考作用，庶可免赧顏親友於萬一。

論文的撰寫與編選工作是在瀘州職業技術學院支持下完成的。由於學院柔性引進人才的機制為筆者撰寫多篇論文提供了足夠的時間，使論文集的編選和問世成為可能。花木蘭文化出版社的杜潔祥總編輯和楊嘉樂副總編輯在把拙著《生態漢語學》（增訂版）納入出版計劃之後，又欣然接受了論文自選集的出版，這種魄力在當今出版界罕有其匹。筆者對花木蘭文化事業有限公司經營者的學術眼光和敬業精神表示由衷敬佩。

李國正

二〇二二年二月於瀘州江都花園